繪圖・kim minji

繪圖・kim minji

Gaea

Gaea

阿米巴系列
我是妳的
地下枕頭
天航 KIM —— 著
PILLOW ON YOUR RHYME

我是妳的地下枕頭

目錄

楔子

當孫昊音穿著唐裝進入電梯，電梯裡的人都投來詭異的目光。

在一眾西裝襯衫之中，一件深藍色的綢紋袖袍無疑是奇裝異服。孫昊音長得帥，繫著半紮馬尾，加上一副冷傲的神情，哪怕他改穿老頭牌白背心，也是出眾脫俗，別的男人就連歧視他的自信都沒有。

電梯裡只有一個嬌小的女生，挨在孫昊音身旁，她是他的助理，而她名片上的職銜是「高級庶務行政專員及社交行銷特助」。有苦自己知，她的工作性質類似古代的小書僮，負責侍候主子和兼做雜役。

「雲妮姑娘，有勞報時。」孫昊音文謅謅地說。

雲妮拿起手機看了看，畫面顯示農曆的日期和時辰。

「申時三刻也。」她淡然回答。

電梯裡的其他人都在冒冷汗，雲妮卻面不紅耳不赤，因為她早已經習慣了這樣的事。

「VANILLA」是她的英文名，孫昊音卻取其譯音叫她「雲妮」。三年前，孫昊音說過，他就是覺得這個名字有趣，才僱用了她這個畢業沒多久的大學生，而絕非看上她的外貌和姿色——她確實沒有。

她這個老闆是著名的塡詞人，人稱「鐵面王子」的孫昊音。他最近接了幫古裝電影主題曲塡詞的專案，爲了增強靈感，他就天天穿古裝。古人沒手錶，他也不戴手錶，於是常常勞煩她報時。

孫老闆曾要求她穿唐裝，她極力抗議，幸好他沒有堅持，否則她就要束著肚兜來上班了。

老闆的工作室同時也是錄音室，位於辦公大廈的二十四樓。錄音室是他與別人合夥的生意，他只在乎擁有自己的獨立房間，而廁所也有個人專用的廁格。該廁格的隔音設計可媲美錄音室的等級。

雲妮崇拜孫昊音的才華，但顧忌他的怪癖。

當今華語樂壇，不論是名成利就的歌星，抑或是聲名鵲起的新秀，都會委託孫昊音塡詞。他以塡詞人自居，但亦會在編曲方面提出眞知灼見，令歌曲的成品更上一層樓。孫昊音三個字，也就是業界的金漆招牌。現在，他的工作根本接不完，檔期排到明年。

「這是假期期間收到的信。你記得要看啊！」

雲妮將一疊信放在邊几櫃上，就讓孫昊音獨處一室。

孫昊音點火亮燭之後，磨好了墨，鋪開宣紙，就開始創作。他自小學習書法，潤筆，蘸墨，提按，手法嫻熟不生疏。

同一首歌播完又播，筆鋒在紙上起舞時快時慢，彷彿在配合音樂的節奏。

整間工作室是中國風的裝潢，牆上掛著字畫，紅木書架上卻擺了一個格格不入的「大口怪」毛公仔。

過了半小時，孫昊音對作品不滿意，就將宣紙捏成一團，扔進香爐似的字紙簍。這字紙簍上刻「敬惜字紙」四字，字紙不可直接丟棄，而要送往福州的惜字塔焚燒。

孫昊音這時才注意到邊几櫃上那一疊信。

這些書信之中，其中有個花俏的小公文袋，馬上引起孫昊音的注目。他抽看正面，沒有寄件人的姓名，右上角卻寫了一行字：「THANKS POSTMAN」。

孫昊音內心泛起了漣漪。

他抱著拆禮物的心態，小心翼翼剪開了公文袋。

公文袋竟有一盒卡式錄音帶，這種比光碟更早出現的老東西，早在上世紀末已經慢慢絕跡。錄音帶有兩個帶齒輪的小洞，如同一雙小眼睛，音軌的磁帶就像灰黑色的立可帶。

「是她！」

孫昊音興奮得叫了出來。

公文袋還有一個印滿心心圖案的信封。

信封裡有兩張信紙，第一張信紙寫滿娟秀的字跡：

衰人：

還記得我倆鬧著玩的塡詞遊戲嗎？當時的我，曾以爲拚命努力便可以接近你。最後一次見面的時候，你可曾聽見，我爲你心碎的聲音？對我來說，你就是遙不可及的星光，曾經是我高不可攀的夢想。

不過……很感謝你，一直以來都很感謝你。

你曾經是我的地下枕頭，在我最需要的時候，陪伴我度過漆黑的夜晚。沒有昨日的你，就沒有今日的我。

錄音帶有我獻給你的第一首曲，我的出道曲。

請你洗耳恭聽吧！^0^

……

嘿！孫昊音看見那麼不禮貌的上款，不禁噗哧笑了出來。「衰人」那兩個字，竟令他湧現一股親切感。

第二張信紙的單行線，就像樂譜上的空隙，填寫音符似的字：

〈月月圓圓〉

月月圓圓
冉冉遺留了心願
無法與你
★★相　襯
乏力抱緊
LOVE的地下枕頭

依稀記得

愛・你・深・深

依稀記得愛你深深……

「風有風的季節，海有海的情書，曾經想妳想妳想到失眠……毋忘妳，毋忘我，陪妳追逐星光裡的夢，約定在老地方，某一天再共妳唱……」

這是孫昊音曾經填詞的流行曲。

今夕是何年？

偶爾，他都會想，現在的她在做甚麼？

今天他收到了這卷錄音帶，就是最好的答案。

「太好了。她沒放棄。」

孫昊音期待這一刻，已經期待了好久。

他心花怒放，跟雲妮說一聲下午要早退休息，就匆匆離開了工作室，開車趕著回家。

家中有一台卡式錄音機。

記憶如黑膠唱片上的音軌，那是一道道刻印般的劃痕，一碰觸到唱針，就會播放昔日的留聲片段。

那年，那月，那夜。

那個醉倒的少女……

月月圓圓

地下 ＝ 見不得光
枕頭 ＝ 在寂寞時最需要

或者，我只是妳的地下枕頭，
只在妳最孤單最需要關心時出現，
讓妳牢牢不放地抱緊，
陪妳追逐星光裡的夢。

01 痛愛

當孫昊音還是新進填詞人的時候，他的知名度已超過不少二線藝人。

因爲他，市民都知道了「昊」與「浩」同音。

但他閒逛銅鑼灣的時候，還是沒有路人認出他。

秋風湧起的某夜，孫昊音只穿單薄的襯衫。他曾在美國留學，北美洲的秋夜可冷得多了。

晚上九時。

滿街都是金舖、食肆和銀行的招牌。

孫昊音仰頭，彷彿迷失在石屎森林，鬧市的燈光亮透了夜空，電車的粗纜就像二胡的弦線，絲絲縷縷咿咿啞啞，奏出哀怨的音色。

百貨公司外牆的巨型ＬＥＤ螢幕，電視台的新任女台長孟嬅亮相。

孟嬅有一雙犀利的明眸，嘴唇永遠艷紅，曾是一代黛眉，如今以女強人之姿接掌電視台，一切改革皆令全港市民矚目。

巨型螢幕上映出孟嬅講話時的字幕：

「以前香港盛產甚麼？不是蛋撻，而是明星啊！『星秀傳奇』是本地有史以來最大規模的造星節目，將會配合5G技術全球直播，遠至宇宙太空站的華僑都會看得到。我們辦這個比賽的目的，就是要從平民中發掘具有不凡天賦的新星！」

宣傳廣告以文字特效播出評審團名單。

其中一個名字就是「孫昊音」。

孫昊音長長嘆了口氣，接了那樣的苦差，他現在感到相當懊惱。他很不想曝光，一旦曝光就會成爲公眾人物，就會失去自由和隱私。爲此，年初出席樂壇頒獎典禮，他就戴著鐵面罩到場，明明是眞心想隱藏眞面目，卻令他成爲了焦點所在，一夕聲名大噪。

娛樂新聞一傳開，他就有了「鐵面王子」的外號。

入行短短三年，孫昊音就奪得年度最佳塡詞人這個大獎，打敗壟斷多年的老前輩。他塡的詞，雅俗共賞，連中文科老師都讚好。雖然他不唱歌也不作曲，但音樂方面造詣極高，學歷高至芝加哥柏金遜音樂學院的碩士。

孫昊音拚命隱藏眞面目，卻勾起了全民愛八卦的好奇心，很明顯，孟嬅就是看中這一點，便找他當造星節目的評審。沒有孟姊的提攜，孫昊音也不會迅速成名，這個人情是非償還不可的了。

「星秀傳奇」的宣傳鋪天蓋地，燈箱廣告無處不在，孫昊音經過巴士站的時候，就看見廣告上誘人的標語：

「只要年滿十八歲，你就夠資格作一個明星夢！」

甚麼明星夢嘛？

孫昊音覺得廣告很俗氣，但眞的很奏效——剛剛他收到電視台的訊息通知，報名人數已突破兩千人。

手機響起來了。

來電顯示：哥吉拉。

「喂呀，你怎麼自己先走了？是不是不把老娘放在眼內？葉生葉太要來我們家打麻將，叫你開我們的車送HELENA回家，眞的有這麼難爲你嗎？」

孫昊音最怕就是這種事，他這個娘親，兇起來蠻不講理，孔夫子當她老公都要跪洗衣板求饒。

「我記得，HELENA家裡有自己的司機吧？」

「哎喲，你怎麼就是不瞭解爸媽的苦心？HELENA是個好女生，眞眞正正的千金小姐，重點是超級漂亮……娛樂圈女人是很多，但乾淨的有幾個呢？哪一個比得上HELENA？」

孫昊音心想還好成功溜跑，否則雙方家長「當場逼婚」，就會上演一場尷尬的鬧劇。

當晚的飯局，名義上是慶祝HELENA碩士畢業歸來，但話題一扯到「指腹爲婚」的陳年往事，孫昊音就發現飯局是個要撮合他和HELENA的布局。孫家和葉家是世交，孫家叱吒會計師界，幫葉家上市，搞大了家族生意。兩家的娃兒自小是金童玉女，上一代的人早就牽好了紅線，只差扯線收網這最後一步。

「你又不是不知道，你爸心臟不好開過刀，他想早日看到你成婚……」

嘮嘮叨叨，孫昊音快要受不了。

「我明天結婚，後天離婚，好不好？媽媽咪呀，饒了我吧！我最近看破紅塵，暫時都不想談戀愛，而且工作眞的很忙。好啦，我要過馬路，BYE！」

孫昊音佇立銅鑼灣街角，才掛完電話，手機又響起煩人的鈴聲。

來電顯示：冰淇淋。

HELENA的全名是「葉琪琳」，就有了「冰淇淋」這個暱稱。

孫昊音愣了兩秒，才接電話。

「你看看後面。」

手機傳來淘氣的聲音。

孫昊音驀然回首，在幻變的人潮之中，輝煌的燈光映照那個時尚俏麗的女人，正是葉家的掌上明珠葉琪琳。她仙姿玉色，黑色披肩、白色長裙，走在路上，不論男女都會對她回眸多看一眼。

「琪琳？妳怎麼也出來了？」

「你媽咪擔心你沒帶錢包，叫我出來找你。」

這麼爛的理由都敢用……孫昊音著實無奈。

「就算我沒帶錢包，還可以走路回家。他們真是的……麻煩了妳，害妳受到牽連，真是不好意思。」

「NO……我也是自願的。銅鑼灣這裡，有很多我跟你的回憶呢！我記得第一次吃臭豆腐和炸大腸，第一次逛年宵花市，第一次聽地下搖滾音樂……都是你帶著我的。」

她這番話真情流露，正常的男人一定心動。

孫昊音卻冷言冷語：

「今時不同往日，銅鑼灣已經變得非常危險。」

他，偏偏不是正常的男人。

但HELENA也習慣了他的怪脾性。

「如果銅鑼灣很危險，你就要保護我啊！我回來香港，朋友不多，你就是我最好的朋友。」

孫昊音看著她柔情似水的眼睛。

「妳這麼漂亮，網上徵友的話，想追妳的男人一定排滿青馬大橋吧？」

儘管孫昊音態度冷漠，HELENA聽到他稱讚自己漂亮，心裡還是高興，甜美的笑容現於臉上。

「追求者再多又怎樣？我的眞命天子還是只有一個。你知道的，我只會喜歡上有才華的男人。」

這番話幾乎等於表白，孫昊音卻假裝聽不懂，走近報攤，用「章魚卡」買了一份馬經〔註〕，說出不三不四的怪話：「這匹馬也很漂亮，妳說是不是？」本來他想拿起的是色情雜誌，藉此佯裝出風流才子的壞形象，但這年頭很多黃書都停刊了，在這報攤沒有現貨。

HELENA自討沒趣，貌似有所期待地問：

「你現在是不是要回家？」

「不，我要去馬場尋找創作靈感……UNCLE和AUNTIE呢？」

「他們開車去你家，我對打麻將沒興趣，便說要自己回家。不過，銅鑼灣變化好大，我怕找不到巴士站。」

「妳身上有股仙氣，搭巴士會受到污染的！看……有TAXI來了，眞幸運，我幫妳攔車好不好？抱歉我沒法送妳回家……」

「嗯。沒關係。」

孫昊音已握住計程車的門把，HELENA也不好意思拒絕。她低聲告別，就上了車，他亦表現出應有的紳士風度，替她關上了車門。

「GOOD NIGHT……妳回到家，給我傳個短訊。」

孫昊音看著計程車駛開，輕聲嘆了口氣。

他也不是不喜歡她，只是無法愛上她。

當晚，馬場根本沒賽事，孫昊音也不是眞的要去那邊。他本來也想坐計程車回家，但他眞的忘了帶錢包……這也不打緊，最重要是有張自動加值的「章魚卡」傍身。

註：賽馬活動在香港發展蓬勃，「馬經」就是提供賭馬情報的小報刊。

孫昊音沿著電車軌走了好一會，來到了巴士總站。一個個路線牌就像豎立在荒島上的旗幟，車流急馳不斷，隔著車窗，可見力爭上游的乘客。

直到搬出來獨居，孫昊音才學會搭巴士。

當他找到了候車亭，手機又響起來了。

來電顯示：未顯示號碼。

孫昊音最討厭這種電話，討厭歸討厭，他就是來電不拒。每一通滋擾或詐騙電話，對他來說都是修身養性的練習。

一接通，就傳來陌生的女聲：

「你在哪裡？我在屯門碼頭。由昨晚開始，我等了你十八個小時……你怎麼還不來找我？嗚、嗚……」

孫昊音怔了一怔。

「妳誰啊？」

「……」

對方沉默了三秒，然後傻笑三秒，最後啜泣起來。

「嗚……阿粥，你怎可以這麼狠心？我眼前是一片漆黑的大海，你再不來的話，我就要跳下去！」

原來是打錯電話。

「小姐，妳打錯了電話……」

對方似乎喝醉了，繼續語無倫次：

「不，你是阿粥……我在屯門碼頭等你，不見不散，你要來啊……」

「神經病！」

「嗚，你罵我神經病……我不想活了。我的生命只剩一個小時……你不來見我最後一面，我就要跳下去——」

嘟、嘟、嘟……

對方就這樣掛線了，最後的聲音近乎淒咽。

「神經病！」

孫昊音再罵一遍，繼續等車。

黃色的雙層巴士陸續由遠駛至，就是沒有他要等的車號。孫昊音嘗試回撥——但沒顯示的號碼又怎可回撥呢？

眼前，來了一輛往屯門的巴士。

巧合？

孫昊音自覺心揪了一下，怔怔地盯著別人排隊上車。他肚裡躊躇，腦裡亂想，就在巴士關門的前一刻，毅然衝進了車廂。

孫昊音這個人就是古道熱腸，無法見死不救。他至情至性，哪怕可能只是惡作劇，或者情侶之間的打情罵俏，但要是對方眞的輕生，明天他讀到這樣的新聞，這輩子心裡也不會好過。怪就怪自己倒楣，接到那通電話……孫昊音去屯門的次數屈指可數，也沒朋友住在那邊。

經過隧道，經過樹蔭……

巴士裡出現了奇景，本來像殭屍般熟睡的乘客，都會自動在到站前甦醒，時間準確得好像體內有個鬧鐘。

一個站又一個站，一小時二十分鐘的車程終於結束。

沿途燈火闌珊，兜兜轉轉，孫昊音終於來到深夜的屯門碼頭。這趟山長水遠的經歷，令他立意要爲屯門人塡一闋詞。

他沿著海傍的圍欄快步走，暗暗打定主意，如果一路上看不見疑似自殺的女人，他就立即打道回府。

樹影婆娑，水影幢幢，月亮有個孤獨的缺口。

街燈的螢光落在碼頭的一隅。

垃圾桶旁，有個披頭散髮的女人倒伏地上，孫昊音心頭一震：「我是不是發現了屍體？」

他觀察了一會，便過去扶起對方，翻過正面，看出對方是個正值妙齡的少女。

少女嬌小玲瓏，由於妝容溶解，一張花臉如同厲鬼，所以孫昊音難以為她的容貌評分。她穿著直紋薄襯衫和熱褲，雖然未算暴露，但始終易引人犯罪……她是不是沒聽過屯門色魔的故事呢？

「喂，妳沒事吧？」

少女微微睜眼，目光飄忽，醉醺醺的。

孫昊音瞥見垃圾桶旁半空的酒瓶，不禁皺了皺眉。那是酒精濃度七十度的烈酒，恐怕連不倒翁喝了都會醉倒。

突然，少女發酒瘋，緊緊摟住他。

「阿粥！我就知道你捨不得我！」

由於她撲上來的速度跟喪屍一樣快，孫昊音根本來不及躲避。他不是不喜女色，但他有潔癖，非常抗拒這種主動侵犯的女人。

「小姐，妳認錯人了！」

他竭力推開她，沒想到她力氣大得很，死命抱著不放，甚至交叉抬高雙腿夾住他。

一個繼續掙扎，另一個黏得更緊。

然後，她就吐了，噴得到處都是，弄得孫昊音的上半身都是嘔吐物。孫昊音面色慘白，成功推開她之後，摸了摸自己濕淋淋的髮尖，竟然拈來一束金針菇。

金針菇……

好一束金針菇……

由於太過驚嚇和噁心，孫昊音重複默唸三次，但更驚嚇的是他感到有液體流向自己嘴邊。

他立刻閉氣，瀕臨崩潰之際，差點暈眩過去，但當下之急是去找廁所洗髮和淨身。

孫昊音才走出了六步，腦後忽然傳來哼唱的歌聲。

「喜歡你讓我下沉，喜歡你讓我哭……」

那少女繼續發酒瘋，嘻嘻哈哈哼著歌，歪歪扭扭跳著舞。她跟碼頭的欄隙愈來愈近，這狀況相當危險，任何有惻隱之心的人都會喝止。

「喂——」孫昊音大叫。

但她充耳不聞，一腳踏空，真的掉進了海裡！

孫昊音聽到「撲通」的一聲，匆匆忙忙趕到欄邊。

黑得像深淵的海面之中，浮出一個人頭。

「救命！」

她呼救一聲，又再沉了下去。

孫昊音未遇過這種生死攸關的意外，很想找人幫忙，但碼頭四周沒有其他人影。現在報警也來不及了，只有他能救她，當他瞧見欄柱上的救生圈，無暇細想就抱著救生圈跳下去。

其實孫昊音只要將救生圈拋下去就好了，但他一時心慌意亂，竟沒想到這一招。

當他掉到水裡，剎那間眼耳口鼻都好像被捏住，臭到好像掉進了化糞池一樣。微光中，他在水裡睜開眼，瞥見一團人影就在觸手可及之處，便抓緊了對方衣衫，竭力游向水面上那個泛光的救生圈。

儘管手腳笨拙，孫昊音還是成功撐起她的腋下，牽扯進救生圈的內環。他一邊大口喘氣，一邊用目光尋找可以返岸的地點。

幸好碼頭下方設有棧道。

孫昊音一帶她上岸，她就趴在地上猛咳，看樣子只是稍微嗆水。

「好在……」

如果還要幫她做人工呼吸，就是虧大了，因爲孫昊音最怕就是別人的口水，即使以前談戀愛，他也不會和情人舌吻。

碼頭上多了一個人，桃紅背心、牛仔短褲，也是個妙齡少女。由她關切的目光看來，似乎是認識這個醉娃的友人。

「COOKIE……發生了甚麼事？」

她衝到下面幫忙，和孫昊音一人一邊扶起了頭昏眼暈的COOKIE，合力揹著她走上石階。

「紅豆？」

「COOKIE……妳幹嘛要做傻事？」

「紅豆……我沒有做傻事……我只是……下沉了。」

聽到兩人的對話，孫昊音頓感鬆了口氣。

「太好了，妳是她的朋友！妳來接手，我把這件喪屍交給妳。」

一聽到「喪屍」這個詞語，紅豆不禁噗哧一笑。COOKIE卻毫無反應，也不知是不置可否，還是醉得不省人事。

很快就到達了上方的平台。

燈下，紅豆看清楚了孫昊音。

這個頭髮濕透的男人，脫掉了髒兮兮的襯衫，隨手丟進了垃圾桶裡。他毫不在乎紅豆的目光，就這樣赤條條地裸露上身。

紅豆看著他心旌搖曳，帥哥就是賞心悅目。

「你是誰？」

「路見醉娃、脫衣相助的好心人。」

臨走前，孫昊音不忘耍帥，一個王子式的華麗轉身，故作瀟灑地邁出了模特兒般的步法。

但他最近常常熬夜，身子有點虛，沿途還是忍不住打哆嗦和打噴嚏。

02 償還

COOKIE作了個怪夢。

夢中，和現實一樣，她是個窮酸的少女，穿著乞丐般的服飾。

夜風淒厲得好像狼嚎，她孤獨地赤腳走路，來到一片沉默的森林，樹環的中間有一雙晶瑩剔透的玻璃鞋。

那雙玻璃鞋的光芒好美！

地上撿到寶，她帶著驚歎穿上那雙玻璃鞋。

就像灰姑娘的魔法夢境成眞，她的破衣變成了天鵝絨般的舞裙。在夢中一切都是輕飄飄的，她才沒走多久，就來到城堡外面。城堡內外掛滿七彩旋轉舞台燈，比天上的繁星更璀璨，金樹銀枝，笙歌匝地。

夜的盛會正要開始。

她正要進去，卻被穿絲襪的性感男守衛攔住。

怪裡怪氣的守衛指了指高門上的告示：

「未滿十八歲不得進內。」

這是甚麼怪規矩！

她不甘心，挽著長裙奔跑，繞到城堡另一邊的高牆。

沒有南瓜馬車，也沒有白馬王子，她能靠的就是自己。明明連樹都不會爬，她卻攀過了高牆，正要翻到牆的另一邊，她卻手腳發麻，鬆手由高處墜下。

不知爲甚麼，她掉進了水裡，眼耳口鼻都灌滿了水。

感覺好難受……

水面上有光，她往上方游去。

她竭力抓住上方的東西，以爲是救生圈，睜開眼，竟是個會浮的枕頭。

夢中醒卻，COOKIE發現自己趴著睡，在現實中也是緊緊抱住枕頭。枕邊人是紅豆，她還在熟睡當中。

COOKIE口很渴，很想起床，但全身乏力，身體都不是自己的。這種宿醉的痛苦，她不是沒嘗過，但這一次特別難受。胃裡的熱流像火山爆發，她使勁忍著，摀住嘴，連滾帶爬闖進浴室，吐得亂七八糟。

紅豆也起床了，盯著COOKIE的可憐相——抱著馬桶的失戀少女。

「妳知道自己昨晚差點沒命嗎？」

「我只記得……我不小心墜海。是妳救了我嗎？」

COOKIE仰起頭，醉眼中，是紅豆搖頭的樣子。

「真可惜，妳居然不記得昨晚的事。昨晚救妳的男人是個大帥哥呢！他像個白馬王子……不，黑馬王子才對，他毫無笑容，整個人酷酷的。他是那種我想主動獻身的男人……」

紅豆竟然興奮得自說自話。

頭痛感一陣一陣襲來，COOKIE彷彿受到刺激，想起了一件尷尬的事。

「我好像……吐了在他的身上……」

「噢～難怪他把上衣脫掉，丟進垃圾桶。」

「真糟糕。我該怎麼辦呢？」

「對救命恩人以身相許，就是江湖規矩嘍～」

紅豆根本是胡言亂語。

「他有留下聯絡方法嗎？」

「他很瀟灑地走了。」

那男人是偶然路過的嗎？COOKIE根本想不起來，她醉得一塌糊塗。

「對了，我在垃圾桶旁邊把妳的小肩包撿回來了。不過錢包裡只剩幾張鈔票，不知是不是被路人偷過錢呢──」

「沒錯，我全部財產就是那麼多啦。」

「這麼可憐……妳有需要，我可以送妳一箱泡麵。」

紅豆一邊刷牙，一邊用憐憫的眼神盯著COOKIE。

房間牆角有張組合書桌，上方的書櫃沒有半本書，卻擺滿了亂中有序的化妝品。紅豆十九歲，比COOKIE年長兩歲，腰上有紋身，左胸與胳膊之間也有紋身。

COOKIE在桌上找到了自己的小肩包，解開圓釦，拿出手機。她按了幾十次開關，手機的螢幕始終是黑屏，一打開背蓋，有一行水流了出來。

「嗚！我的手機沒救了！世界遺棄了我……」

COOKIE欲哭無淚。

「奇怪，手機沒掉到海裡吧？」

「可是掉到了馬桶……」

昨晚的慘況就像標題是「禍不單行」的四格漫畫，廁格沒廁紙，她由背包拿出面紙包，整包面紙掉進馬桶，一彎腰去撿，手機就由背包滑出來了……幸好在手機掉進馬桶前，COOKIE

打過電話找紅豆。紅豆住在屯門，一下班就趕過來了，但要不是那個帥哥好心救命，COOKIE現在可能已變成了浮屍。

紅豆看見她窮得快要被鬼抓去的模樣，不幫也不行，但翻遍了抽屜，也只找到一支褪色螢幕的老爺機。每當紅豆要買新機，都一定先把舊機賣掉，貪新厭舊是她的人生態度，所以家裡很少會有多餘的手機。

「這支舊手機是我老娘的……妳將就將就吧。」

「好的，謝謝妳。」

紅豆順便摟住她的肩膀。

「傻女，失戀算甚麼？渣男復渣男，渣男何其多！男人啊，就跟手機一樣，壞了，立刻就要換新的。在我們這個社會，妳要嘛玩男人，要嘛就被男人玩，二十歲前的戀愛都很難修成正果。」

「沒有兩情相悅、永結同心的故事嗎？」

「奉子成婚的故事倒是有不少，但最後都是離婚收場，不是男的沒玩夠，就是女的好高騖遠。唉，我早就警告過妳，千萬不要太投入。」

紅豆嘆了口氣，以老前輩的口吻說下去：

「我以我的分手經驗告訴妳，現在這階段最難熬。如果妳忽然很難過，就不停聽音樂，用音樂來療傷，減輕一下分手的陣痛。」

COOKIE垂頭看著手上的老爺機。

——這支老爺機可以播音樂嗎？

說起來，COOKIE是第一次摸到有實體鍵盤的手機。

她也別無選擇了，這就是她的人生，倒楣的人生。

□

COOKIE是無家可歸的少女。

宿舍有她的床位，但始終不是眞正的家。

這個下午，紅豆要去上班，COOKIE也跟著出門，嘴裡說要回去宿舍，腳步卻在週日的鬧市蹓躂。

既頭痛，又心痛……

COOKIE迷迷糊糊，無心插柳之下，還是來到了屯門碼頭。

舊地重遊，眾多又甜又苦的回憶湧上心頭。

附近的蝴蝶灣上曾有戀人的腳印。

海風徐徐，她抬著頭走路。

爲了不讓眼淚掉下來，她一直抬著頭望向天空。

頭很痛。

但失戀的感覺更痛。

愛是糊塗病毒，長據她的腦海，偏偏世上沒有愛情特效藥這樣的東西。要是有人向她兜售「忘情水」，她一定要買一打。

去年這個時候，阿粥跟她就是在屯門碼頭牽手。

愛在深秋，無奈期限只有一年，過不了今年的聖誕節就要分手。

「爲甚麼只有一個『我』呢？我的心，可是有兩個女人……我就是太善良了，從來不會拒人於門外……地鐵也會出軌，做人出軌也是情有可原吧？我不想跟妳分手，也不想傷害她，妳可以接受『三人行』嗎？」

阿粥是個很誠實的賤男人。

原來，他說很累不想見面，暗地是跟新歡去逛街了。

原來，他晚上掛電話，說甚麼要早睡早起，其實是要和新歡深夜談情。

原來，他對她敷衍冷淡，就是不想當醜人，逼她主動提分手。當她痴痴在爲感情問題傷心欲絕，他不僅不在乎，還過得身心滿足風流快活。

就像手機，新的總比舊的好。

她有種被取代了的感覺。

COOKIE很想狠狠摑阿粥一巴掌，徘徊樓下痴痴等了一整夜，但他就像狡兔一樣逃避她。這樣也好，要是見了面，她怕自己會心軟，再度變成任由擺布的笨女人。他坦承出軌，對她來說也是好事吧？

不拖不欠，總好過拖拖拉拉。

天空湧起密雲。

岸邊翻風起浪。

當COOKIE經過碼頭的公廁，回憶如電般閃現腦海。

「噢！我想起來了！」

昨晚，她喝得酩酊大醉，不小心把手機掉進了馬桶。情急之下，她立刻開機，手機就報廢了。

她要打電話給阿粥，便走到附近的電話亭，投硬幣打電話……她依稀記得自己撥出了錯的號碼。

在電話裡聽到的聲音，好像和昨晚救她的男人是一樣的，兩者應該是同一個人。由於他的聲音頗像「雞仔聲」，所以COOKIE一聽難忘。

當下，COOKIE來到同一個電話亭外面。

如今人人都有手機，這種電話亭使用率極低，也許很快就會消失。有議員提議將電話亭改建成隔音室，提供私人空間給情侶使用，門口投幣，自動上鎖……這建議充滿創意，但很快就被否決了。

COOKIE走入了電話亭，由零錢包拿出一枚硬幣。

如果沒有其他人用過的話，只要按下重撥鍵，撥出同一個號碼，應該就能聯絡上昨晚的那個男人。

賭一賭運氣吧！

撥號音一結束，聽筒裡就傳出音樂鈴聲，那段旋律COOKIE非常熟悉，就是一首叫〈償還〉的歌。與昨晚的記憶重疊了，她因此肯定自己沒打錯電話，有機會找到她的救命恩人。

響了六下，聽筒終於傳來應答：

「哈囉？」

COOKIE鼓起勇氣問：

「喂……請問是昨晚救了我的……恩公嗎？」

她一時錯亂，竟叫出「恩公」這種稱謂。

對方打了個噴嚏，發出窒窒的鼻聲。

「哦，是妳……妳現在不會又喝醉吧？」

「沒有、沒有……昨晚打錯電話，害你誤會我要自殺，眞是非常抱歉。我現在找你，就是想親口向你道謝和道歉。弄髒了你的衣服不好意思，不如我賠給你吧？」

「嚕，妳是學生嗎？」

「是的……」

「那件衣服是限量版，妳是賠不起的……衣服眞的是小事，金針菇的陰影才巨大呢……」

「金針菇？」

「算了，別提了。我也不會要妳賠錢，妳好好用功讀書，不要再做傻事，就當是對我償還了妳口中的恩情。」

COOKIE心裡嘀咕：一件衣服可以有多貴？

儘管他這麼說，她還是難以釋懷。

「要是這樣的話……求求你告訴我地址，我寫感謝信給你！」

「感謝信？」

「不然，我也想不出別的方法，來表達我心中感激之情。」

對方的語氣本來很冷淡，聽了她這番話，忽然發出了嬉笑。笑聲透過聽筒傳到COOKIE耳邊，這種反應令她尷尬不已。

「你笑甚麼？寫信有甚麼不好嗎？」

「抱歉，有人給我寫信，我其實是暗歡喜的。我沒有取笑妳的意思，我只是覺得妳好有趣。」

「有趣？」

「妳是不是失戀了？妳願意的話，可以將妳失戀的故事告訴我……」

沒想到對方問得這麼直接，COOKIE怔了一怔。

她也傻頭傻腦的，心直口快：

「你眞的要聽嗎？我也不介意告訴你。阿粥是紋身師傅，他看起來很年輕，我偷看他的身分證，才發現他的歲數是我的兩倍……」

「慢著，我的意思是叫妳寫在信裡……不過，妳要親口說也無妨。來吧！請痛罵那個糟蹋了妳的壞男人……」

戀愛的事，COOKIE不敢告訴宿舍裡的人。紅豆是她的閨密，但紅豆的戀愛觀很悲觀，彼此聊完反而意志會加倍消沉。COOKIE苦無傾訴對象，這一刻好像找到了傳說中的樹洞，讓她宣洩負能量。

對著陌生人，反而暢所欲言。

他沒有怎麼安慰她，但他是個很好的聆聽者。

失戀的人就是需要這樣的聆聽者。

她就這樣和他聊到通話時間結束。

當她走出電話亭，心事的包袱彷彿變輕了，耳邊只剩下海的聲音。

03 風的季節

凌晨五時。

昏暗的ＫＴＶ包廂，孫昊音獨個兒坐著。

整晚，整個包廂就只有他一人，他既沒有點歌，也沒有唱歌。他戴著耳機，聽著手機裡的DEMO原曲，寫下一句句心有靈犀的歌詞。

原稿紙和鉛筆都是他最近愛用的創作工具。

常人是在原稿紙的格子裡填字，他卻偏偏要在稿紙的背面寫字。

夜闌人靜，孫昊音爲了戰勝睡魔，都會外出工作。有時，他會去通宵營業的茶餐廳。有時，他會揮金霍玉，包下整個包廂，在密室中埋頭苦幹——既然付了昂貴的租金，他就不得不珍惜每分每秒，迫使自己字字入魂。

在侍應生眼中，他應該是個大怪人吧？

週六至週日的曖昧時分，正是靈感泉湧之時，孫昊音很快就寫滿整張稿紙。他自小勤習書法，字跡秀麗有靈氣，無奈現在都是用電腦傳稿，他的一手好字也只能用來孤芳自賞。

若說音樂是靈魂的話，塡詞人的工作就是賦予歌曲面體，譜出娓娓動聽的故事。

當孫昊音再寫好一首新詞，終於覺得疲倦，看了看手錶，也是時候要回家。

他打開袋型的輕薄公事包，本來要拿出長皮夾，卻心血來潮，拿了封色彩繽紛的信出來。

這是一封他今天收到的信，信封娟麗的字跡明顯由女生所寫，右上角除了已蓋郵戳的郵票，還有一行字：「THANKS POSTMAN」。

恩公　台鑒

我當天眞的沒有自尋短見，只是不小心掉下海……好啦，我要承認，我確實有過要做傻事的念頭。雖然你我互不相識，但你認眞看待一個傻婆講的話，受到連累之後，不但不怪我，還好心安慰我、開解我……我眞的好感動！弄髒了你的衣服眞是很很很很對不起 >_<

謝謝你讓我知道世上還有好人。

「要愛人，首先要愛自己。」

謝謝你的鼓勵！我會振作做人的！

傻女孩COOKIE　謹上

孫昊音自小知書達禮，特別欣賞有禮貌的人。當晚他救過的少女，還以爲只是個野孩子，想不到她眞的寄來了感謝信。

也不知她是由哪裡學來的，居然寫出「台鑒」這麼典雅的用詞……

「那個傻丫頭，應該不會再去做傻事吧？」

孫昊音暗暗覺得好笑。

就在此時，傳來了敲門聲，有個女侍應開門進來。隔著茶几，孫昊音瞧見她的正臉，不由得暗吃一驚。

「不好意思，我們要打烊了。」

眼前的COOKIE穿著員工制服。

她似乎不認得孫昊音，但他認出了她。她今天素顏示人，終於變得像一個正常人。孫昊音對聲音異常敏銳，只要是聽過的聲音，他幾乎過耳不忘，所以才在頃刻間認出了COOKIE。

她襟口有個名牌，名字確實是「COOKIE」。

COOKIE放下帳單，低頭收起空杯，悄悄轉身離開了包廂。

孫昊音目送她離去，來不及打招呼。他心想時候也差不多，收拾好東西之後，也跟著走去外面。

走道上，有兩個醉娃像螃蟹般橫著走過，兩個男人就像餓狼般，舔著舌頭跟在她倆後面，嚷著要送她們回家。星期六的晚上，男歡女愛相當尋常，孫昊音早已見怪不怪，唱歌喝酒都只是求偶的儀式。

晚上，枕邊有人抱抱，豈不快哉？

孫昊音不是不近女色，他只是失去了愛的動力。

當他在櫃檯結帳的時候，COOKIE又出現了，這次她手裡拿著拖把。

「嗨！想不到會在這裡碰到妳。」

孫昊音主動攀談，惹來COOKIE狐疑的目光。

「我們認識嗎？」

「阿粥……你怎可以這麼狠心？我眼前是一片漆黑的大海，你再不來的話，我就要跳下去！」

孫昊音一邊忍笑一邊說，說到最後還是笑了出來。

COOKIE怔了一怔，腦筋轉得慢，竟然想不透是怎麼回事。

孫昊音乾脆拿出那封感謝信，在她面前晃了晃。

驚訝之下，COOKIE雙眼瞪得老大，嘴巴撐大得可以塞進鴨蛋。當她恢復正常的臉型，便將拖把丟到一邊，立即扯著孫昊音的衣袖大叫：

「哦！你是恩公！」

「真巧呢。上星期六跟妳見過一次，想不到今晚又再見面。」

孫昊音俊美的面龐，在燈光下彷彿閃閃生輝。

COOKIE烏溜溜的眼睛，目不轉睛地看著他。

「我朋友說你長得帥，我說帥哥沒好心的，我要收回這句話。我真幸運，今晚可以當面向你說聲謝謝！你簡直是難得一見的好男人，除了救了我一命，還願意聽我訴苦……你不是凡人，你一定是天使！」

孫昊音尷尬地笑了——當天接到電話，他只是需要創作靈感，才慫恿她傾訴失戀的故事。

COOKIE就是不害臊，態度相當熱情。

「你結帳了嗎？我可以幫你要員工優惠。」

未待孫昊音回話，櫃檯的同事已經插嘴：

「COOKIE，不用了咯。這位先生有我們『銀河帝皇級』的VIP卡，優惠比我們的員工優惠還好呢！」

「哇！」

COOKIE驚愕地瞪大了雙眼。

事實就是這樣，孫昊音也沒有多作解釋。

他認識這個KTV集團的CEO，所以才拿到這種貴賓卡。本來他常去的分店是另一家，但那家分店今晚客滿，經理便幫他在這邊安排包廂。陰錯陽差之下，就在這撞見了COOKIE。

「對了，上次跟妳講完電話，我一直有件事很好奇，很想知道答案。妳介意我問一個問題嗎？」

「甚麼問題？」

「妳幾歲？」

記得COOKIE說過「阿粥的歲數是她的兩倍」，孫昊音掛線之後，按了按計算機，就很好奇她的實際年齡。上次沒開口問，這次難得有機會，他一定要解開這個困惑多時的疑團。

COOKIE忽然目光閃爍，支支吾吾地說：

「呃……你想知道答案的話，跟我去一個地方。」

孫昊音尚未反應過來，COOKIE就扯著他的臂彎，一路帶他走進廊道末端最大間的包廂。

包廂裡燈光全亮，餐几上乾乾淨淨的，大螢幕是一片明鏡般的黑屏。

關上了門，COOKIE就像說悄悄話一樣，吐出祕密似的眞相：

「我……十七歲。」

孫昊音滿臉不解地看著她。

「妳幹嘛神神祕祕的？」

「因爲我不想同事知道我年紀太小，欺負我。」

「妳來這種地方打工，父母都不反對嗎？」

「他們根本不會理我。」

霎時，COOKIE露出憂傷的神色，孫昊音便沒再追問下去。

這裡始終是品流複雜的地方，照理說COOKIE未成年，這家店的經理怎會僱用她呢？但此事涉及別人的隱私，孫昊音也不該多管閒事。

他未開口，COOKIE已岔開了話題：

「你問了我一個問題，我也想問你一個問題。」

「甚麼問題？」

「你是不是很寂寞？」

孫昊音沒料到有此一問，愣了一愣，才信口開河地說：「今晚我本來約了很多女人過來，她們都爽約了，只剩下我一個。不過，我平時左擁右抱，有點膩了，今晚這樣也不錯。」

他實在懶得解釋，自己是爲了工作才租用KTV的包廂。

COOKIE露出恍然大悟的表情。

「果然如此！你是有錢人，有錢人都是很寂寞的吧？要成爲『銀河帝皇級』的VIP不簡單，你到底花了多少冤枉錢……」

孫昊音不置可否地苦笑。

雖然他家裡是很有錢沒錯，但搬出來自住之後，他也有很大的生活壓力。老爸始終反對他走上塡詞人這條路，因爲老爸很迷信統計數字：演藝圈這行業有很高的不婚率或離婚率。

傷心人才懂傷心事，孤獨的人才寫得出情歌──孫昊音這一年，在創作上的確有很大的突破。

COOKIE忽然拿起了麥克風。

「如果你寂寞的話，我可以唱歌給你聽。有男人跟我說過，妙齡少女的歌聲，可以治療男人寂寞的心靈。」

唱歌？孫昊音暗暗納罕，眞好奇跟她說那番話的是甚麼男人……

由於他沉著臉不答話，COOKIE又再問一遍：

「你要當我的聽眾嗎？我也好久沒有聽眾了。我已經下班，現在就是我的SHOW TIME！」

孫昊音忍俊不禁。

「妳做這份工作，還可以免費『K歌』，眞是不錯的員工福利呢……」

COOKIE露出很燦爛的笑容。

「嗯，我最喜歡唱歌了。今晚，我要唱情歌來療傷。」

「雖然我想回家睡覺，但勉強可以聽妳高歌一曲。不過，如果妳唱得難聽，我會馬上離開。」

孫昊音繞著臂坐了下來。

情傷還要唱情歌，豈不是等於自尋煩惱？他腦裡泛起了這個想法，但不得不承認，大多數中文流行曲的主題都與失戀有關。

包廂裡的音響播出搖滾樂般的前奏，節拍如飄風急雨。

螢幕上出現歌名——

〈風的季節〉。

孫昊音沒想到是一首老歌。

涼風輕輕吹到
悄然進了我衣襟
夏天偷去聽不見聲音

當她唱出第一句的瞬間，斗室彷彿颳起了一陣旋風，捲起孫昊音心中沉澱的情緒。一股沉寂的力量迸發而出，如同重鎚般直敲靈魂深處。

孫昊音怔住了。

這是一首粵語歌，也是屬於香港歌姬的歌。

原唱是徐小鳳，當年梅艷芳參加新秀比賽的時候，也選唱了這首歌。

隨風輕輕吹到
你步進了我的心
在一息間　改變我一生

她的眼睛閃爍著光芒。

明明個子那麼小，卻唱出那麼厚重的喉音。

這首歌的演唱難度其實遠比想像中高，要是歌手的音域不夠廣闊，就會唱得荒腔走板。恰如挽著沉甸甸的槓鈴，既要花式揮舞，又要收放自如，以從容灑脫之姿走過一失足成千古恨的斷崖。

淚光在她的眼眶中流轉，歌聲如水銀瀉地般溢出。

既是愛，也是恨，唱出了歌的神韻。

吹啊吹　讓這風吹

抹乾眼眸裡　亮晶的眼淚

吹啊吹　讓這風吹……

孫昊音直勾勾地盯著COOKIE。

——我最喜歡唱歌了。

她這番話不是鬧著玩的，只有真心喜歡唱歌的人，才唱得出那樣的歌聲。

這個一分鐘前尚是傻丫頭的女生，一唱歌就變了另一個人，散發出不一樣的神采。在她的歌聲中，有種說不出的滄桑，那不是矯揉造作，而是眞情流露的共鳴。

孫昊音忍不住輕輕鼓掌。

他是學音樂出身的塡詞人，一聽就能分辨出眞正的好聲音。入行這些年來，孫昊音接觸過不少新秀歌手，都沒一個比得上她。

那一刻，他抑制不住自己的心聲：

「雖然她在技巧上尚未圓熟，但她有成爲歌手的潛質！」

這一晚，才是他和她眞正的邂逅，心靈上的邂逅。

命運將他帶到她的面前……

04

海闊天空

清晨時分，外面的世界應是陽光普照。

漆黑的包廂沒有窗口，是個與陽光隔絕的空間。

COOKIE蓋著薄薄的被單，躺在軟座墊上半夢半睡。她精疲力竭，但也許是太累了，輾轉反側難以深眠。

剛剛盡情唱歌的興奮感仍未消散，她想起了今晚唯一的聽眾——紅豆說的沒錯，他真的長得滿帥的，不過看來是個很難相處的怪人。

不管她要唱多久，不管點了甚麼歌，他都一副願意聽下去的樣子。他就這樣聽她唱了十幾首歌，直到凌晨六點才起身離開。

——妳的怨氣很重……不過妳唱得很棒，真的很棒。

這樣的讚美也不是第一次，打從COOKIE小時候開始，就有很多人稱讚過她的歌聲，她更渴望得到專業人士的認同。

對COOKIE來說，這位帥哥只是太寂寞，才會留下來聽她唱歌。

他看起來就是個很寂寞的男人。

或者他可能有自閉症……

否則，正常人怎會一個人來「Ｋ歌」？

曲終了，燈熄了，外場的人都走光了。

——都天亮了，妳還不走嗎？

——今晚我會留在這裡過夜。

不知姓甚名誰的帥哥顯得錯愕，但他沒有問長問短。COOKIE送他到外面搭電梯，鎖上了店門，洗了個澡，又回到了包廂。本來她還有刷馬桶的任務，但可以等到睡醒再去做。

這裡的店長人很好，知道COOKIE無家可歸，就破例讓她在店裡留宿。這種唱卡拉ＯＫ的地方不見天日，早上不會營業。夜貓和醉鬼統統回到了被窩，昨夜的熱鬧已煙消雲散，所有包廂都變得漆黑一片，只剩下靜謐的冷空氣。

COOKIE在軟座墊上縮成一團。

咯、咯。

門外有人在敲門。

COOKIE累得動不了，沒有理會敲門聲，而沒上鎖的門緩緩掀開了。

進來的人是個小女孩。

當COOKIE瞧見她的臉，不由得驚呆了。

那小女孩是小時候的自己。

一身白色越南式小旗袍，花鞋繡褲，飄飄似小仙女。

COOKIE如見鬼一樣，結結巴巴地問：

「妳來這裡幹嘛？」

「我最喜歡唱歌了！」

小女孩一說完，就站上了方塊小凳，將麥克風擺好在落地架上，先哼一段子試音，嫋嫋清唱三兩聲，未有曲調先有情。

天花板的銀色水晶球光芒四射。

COOKIE如遊魂般站在一旁，默默看著唱歌的小女孩。她嘟嘟噥噥，彷彿在對鏡中人說話一樣，發出自言自語的獨白：

「是的，妳眞的很喜歡唱歌，一放學就唱歌，一吃飽就唱歌，連作夢都在想著唱歌的事……」

在她的童年，在那故鄉似的異地，在那家附設歌廳的小酒吧，她度過了小歌姬的生涯。

那是她爸爸開的店，生意好的時候，她過得就跟小公主一樣。現場的歌單大都是粵語金曲，客人有時會上台唱歌，沒有客人點歌的時候，小小的COOKIE都會上台獻唱。

自小她就是在歌聲和掌聲中長大。

「丫頭唱歌眞讚，我今晚特地來捧場！」

不少客人這麼說，COOKIE耳濡目染，更加喜歡唱歌。

初時只是玩玩的，當她相信只要自己唱得好，小酒吧就會旺場，唱歌漸漸就變成她生命中最重視的事。

小學裡的音樂老師擅長彈琴，並不熟悉流行曲的演唱技巧。COOKIE向她請教，還是學到了一些練唱的竅門。

「每天提早一小時起床，向著空曠的地方，練完氣再做發聲練習……」

老師這樣教，她就這樣做。

無懼暴曬，不畏強風，她都會一大早起床，獨個兒跑到河堤練唱。暴雨來的時候，她也沒偷懶，披著黃色的雨衣，在滂沱的雨聲之中高歌。

她唱得愈來愈好。

酒吧的生意卻愈來愈差。

時代淘汰了浪漫，也遺棄了追不上時代的人。

包廂裡鬼魅似的小女孩唱完一曲——COOKIE記得，那是她在歌廳裡清唱的最後一首歌。

當時歌廳裡的桌椅已經清空，設備也變賣了，聽她唱歌的客人只剩牆角的蟑螂和老鼠。

COOKIE緊緊閉著眼睛，淚汪汪的眼睛。

當她再睜開雙眼，眼前的假象統統都消失了，剛剛看見的小女孩根本不存在。

一半是幻覺，一半是現實。

酒吧倒閉之後，爸爸帶著全家回香港，不足三年，在那狹小的公屋（註）裡，COOKIE遭遇了很多痛心的事。媽媽走了，爸爸酗酒，家不成家，身心傷痕累累。壞孩子，問題學生，邊緣少女，COOKIE走上了歧途。

——如果爸爸的酒吧沒倒，如果沒回來香港，我的命運會否不一樣呢？

成長是殘酷的，但COOKIE仍會提出天眞的疑問。

當時她年紀小，做得到的事極爲有限，她也眞的很拚命地練唱。

無奈世上有些事，無論凡人多麼努力，就算聲嘶力竭、豁出生命，做不到就是做不到。

COOKIE拭走了淚水，卻拭不走淚痕。

「我的人生，到底還有沒有希望？」

她對著冷空氣，發出如泣如訴的夢囈。

□

每當COOKIE傷心難過，睡床都是她的避難所。

她緊緊抱著枕頭，就會有安心的感覺。

在女生宿舍裡，一間八人房有四張雙層床，雖然床位很窄小，她也擺滿了抱枕和大枕頭。有一次大家玩枕頭大戰，雖然她也加入戰團，但委實很不高興，因為枕頭是她很重要的個人資產。

「有一天，我要擁有自己的睡房。」

COOKIE愛作白日夢。

曾經有男人說過要包養她，但她絕不接受這樣的事。她有她的驕傲和執著，如果連這一點

註：香港政府為中低收入戶提供的廉價房屋，只租不賣。

自尊都拋棄，她就不再是自己。

週日下午，往碼頭的天橋擠滿了人潮，一家大小走向摩天輪的方向。摩天輪是幸福的象徵，COOKIE經過海濱長廊這麼多次，竟一次也沒坐過，站在近處看，一直只有羨慕的份兒。

天橋的行走寬度要除以二，因爲半邊佔滿了成群席地而坐的深膚色女人。

COOKIE用輕快的步伐走路，邊走著邊哼著歌，聲音低得只有她自己聽見。

十七歲，明明是人生中的花季。

當同齡少女正在準備公開考試，她卻每逢週末就去打工。

她眞的很需要錢。

這樣偷偷摸摸到KTV做臨時工，差不多已有一年，她總算存了一筆小錢，大概有兩萬多。智慧型手機那種奢侈品，她還是不敢亂買，反正宿舍那邊根本接收不到訊號，臥室甚至沒有電插座。

當COOKIE戴著耳機，誰也一定想不到，這條耳機線竟然連著一台卡帶式隨身聽。這種連阿嬤也不再用的時代遺物，供電來源是乾電池，也是少數能在宿舍裡使用的電子產品。

她在聽〈海闊天空〉，BEYOND的歌。

BEYOND是享譽亞洲的傳奇樂團，在她出生之前，主唱黃家駒已不在人世。其他歌星的演唱會、旺角街頭、小巴車廂……只要在香港生活，就一定聽過他的歌聲。

〈海闊天空〉的歌詞很勵志，每當她覺得失去希望，就特別愛聽這首歌。

多少次　迎著冷眼與嘲笑

從沒有放棄過心中的理想

穿過風，又繞過斜陽，來到了往離島的碼頭。

還有三分鐘才開船。

COOKIE捏了一把冷汗，總算可以停下來歇息。

她的目光停在上船等候區的燈箱廣告。

「只要年滿十八歲，你就夠資格作一個明星夢！」

選秀節目「星秀傳奇」的廣告，她已經看過無數遍。宿舍有電視，但每週的播放時段只有兩小時，絕不會播放這種沒營養的娛樂節目。

「琦琦！」

有人在叫COOKIE的名字，嚇了她一跳。

她一轉身，就看到了舍監盧姑娘——「姑娘」這稱呼很嬌弱，亦與短髮、運動套裝打扮的盧姑娘不配。

「盧姑娘妳好。」

「嗨！這個週末過得還好吧？」

「還不錯，就是有點累。噯，是眞的很累，我做了很多『家務』……」

COOKIE腦中浮現自己刷馬桶時的情景，店裡的廁所濺滿了嘔吐物。她做慣了這種苦工，也練成了特異功能，眼睛會自動模糊焦距，爲那些「綜合沙律」般的東西打馬賽克。

盧姑娘男性化的聲音又再出現：

「妳跟妳爸爸相處還好嗎？」

「呃……還OK。」

COOKIE移開了目光，因爲她正在撒謊。

這時候，閘口開了，上船的通道暢通無阻。

盧姑娘穿著跑鞋，走得比較快，COOKIE吃力跟上了她的步伐。到了船艙，兩人找了相鄰的座位坐下。窗外是平靜的海面，船身不太晃，倒是COOKIE內心有點慌。

開船了，海與岸漸遠，一格格窗框就像一幀幀動畫。

乘船期間，盧姑娘果然開始「討債」。

「琦琦，妳欠我的悔過書寫好了嗎？」

COOKIE吐了吐舌頭。

「抱歉，最近功課好忙，我徹徹底底忘記了。不過，兩千字的悔過書，對我來說實在是太難了……」

聽了這樣的抱怨，盧姑娘依然無動於衷。

「妳知道我爲甚麼罰妳寫悔過書嗎？」

「因爲我違反了門禁？」

「不。我是想訓練妳寫作文，中文科明明是妳的拿手科目，但最近有點下滑了。而且，兩千字算甚麼？我以前寫論文，篇篇都在兩萬字以上。如果公開試有『悔過書』這樣的題目，妳就要感謝我哩。」

「這種題目眞的有可能嗎……」

盧姑娘用溫柔的目光，說著嚴苛的話：

「明年妳就要離開宿舍，妳想好了將來的路嗎？」

「宿舍」是好聽的說法，那裡其實是一所特殊的寄宿學校。學生的入學資格很特別——必須要有刑事案底。

COOKIE平日要上學，到了星期五傍晚，才能離開那個荒島似的地方，她亦必須在星期日門禁之前回去報到。

紅豆以前也住在宿舍，COOKIE才因此跟她混熟。到了明年畢業，COOKIE打算去投靠她，一起合租房子。

「我知道妳和其他學生是不同的，但規矩就是規矩。再忍耐半年，妳就可以離開宿舍，我期待看見妳回到社會，可以重過新生。」

盧姑娘喋喋不休地說話，COOKIE都只有像木偶般點頭。

「我們最成功的畢業生，就是當年考進香港大學的子揚，這件事全宿舍的人代代相傳，妳應該也聽過無數次吧？琦琦，妳的成績還過得去，只要再努力一點，我相信妳也有機會考上大專院校。」

——不。

COOKIE只敢在心裡反駁。

——我聽過最成功的例子，是有個畢業生當了有錢人的情婦，成功取代了正室的位子，麻雀變鳳凰，現在住在半山……

這樣的八卦是紅豆告訴她的。紅豆和她聊起要不要嫁給禿頭的有錢人，彼此都說寧願一窮二白，都一定要找帥哥當配偶。

世上會有高富帥的好男人嗎？

就算有，他也一定不會看上自己，誰教自己的出身那麼差。

上大學這種事，COOKIE也不敢妄想，因爲就算考上了，她也一定繳不起昂貴的學費和生活開支。

「我眞羨慕那些家境好的人。宿舍裡的弟兄姊妹，大家都是很普通的人，要不是家境不好，他們也不會做錯事。妳說過，我們畢業出來，社會還是會給我們機會，但我們要比別人加倍努力才能證明自己。有時，我會覺得，我們有這樣的命運很可憐。」

COOKIE向盧姑娘說出這番心事。

盧姑娘的目光總是很溫柔。

「家境不好這件事，妳能改變嗎？」

「不能。」

「犯過錯這件事，妳能改變嗎？」

COOKIE也搖了搖頭。

「所以，妳唯一能改變的，就是自己的未來。用眼淚種出來的花朵，將會格外芬芳。讀不成書不成問題，但一定要找到自己的舞台。」

自己的舞台……

COOKIE雙眼亮了一亮，綻放出異樣的光芒。

窗外是蔚藍大海，城市是現實的大海，每次返回宿舍，COOKIE都有種逃離現實的感覺。

宿舍位於離島，而且是離島最偏僻的區域，除了宿舍裡的人，幾乎只剩下非人類的生物——看見外星人的報告屢見不鮮。

「琦琦，妳看，今晚的星光美不美？」

沉默的銀河，漫天的星座。

COOKIE和盧姑娘離開小碼頭，身子沿著坡道傾斜，不用抬頭，就看見星光如畫的夜空。

「妳在城市，可看不見這樣的星空……」

盧姑娘頓了一頓，忽然有感而發：

「即使是活在陰溝裡的人，他們也有仰望星光的權利。」

COOKIE細細咀嚼這番話，想到了作弄盧姑娘的戲言。

「盧姑娘，妳這麼說，就是認同宿舍的環境像『陰溝』嗎？」

「不、不……剛剛那番話，好像是某個作家說的。這只是個比喻，妳千萬不要想歪。不過，宿舍的環境眞的有待改善，申請的撥款又不發下來……」

山坡上方就是宿舍——

鐵皮屋，由廢棄貨櫃堆砌而成的屋群。

市區中，這種貧民窟式的屋群已經絕跡。很多教學團體都寫信來，說很想帶團來參觀，觀摩學生如何在山林課室中一邊捱冷一邊上課。盧姑娘都一一拒絕了。

「只有窮得徹底，開不起燈，才看得見滿天星星……這算是當窮人的好處嗎？嘿，非洲人一定也是這樣自我安慰……」

紅豆曾說過這樣的怪話，COOKIE暗暗信以爲眞。

在她童年的家鄉，每晚都是星光璀璨。

星光啊……

COOKIE心有感觸，無奈自己不爭氣，竟然想起了前男友阿粥。

阿粥能打動她，因爲他摺過紙星星給她，紙星星裡藏著愛的宣言。他只不過陪過她看醫生，她就覺得他是可以託付終身的男人。

她渴望被愛的感覺。

她希望遇上星光一般的男人，一個可以改變她人生的男人。

──可是她遇過的都是壞男人。

COOKIE情不自禁，緩緩向夜空握出掌心，一副要抓住星星的模樣。

她幻想自己有一雙隱形的翅膀，飄向無盡遙遠的蒼穹。

天河上會有神仙嗎？

神仙會聽到她的心事嗎？

「我有一個夢想……」

她在星光中許願。

05 星秀傳奇

超巨大的曲面螢幕豎立在舞台後面，舞台兩側不是布幕，而是三對紫光璀璨的變色面板，像三層屏風般呈現出舞台的深度。

華麗的地板上鑲滿紫水晶般的小射燈。

「嗤、嗤」兩聲，舞台兩側噴出薄煙。

瞬息擴散的白煙之中，浮現一串立體的投影光框字：

EVERYONE IS A SUPERSTAR

「星秀傳奇」的霓虹燈招牌亦由高空緩緩降下，直到垂吊在曲面螢幕的上方，停定的一瞬間，亦發出了刺眼的強光。

孫昊音、布歐和白玟往評審席就座，各自坐在太空艙似的轉椅上。整張轉椅宣稱是「全球最美的按摩椅」，可以原地旋轉，自迴半圓，就會面向舞台。爲了呈現「盲聽」的氛圍，評審團大部分時間都是面向觀眾，而非面對參賽者。

上下兩層高朋滿座，近千名觀眾矚目以待。據知電視台打通了人脈，這節目得以在廣東省播放。宣傳鋪天蓋地，遊覽車載來過境觀眾，現場爆滿自然是意料中事。

隔著半張椅的距離，布歐向孫昊音說悄悄話：

「哎，老孫，你出盡風頭了！」

孫昊音只是嘆氣自憐，完全不想回話。觀眾的目光都聚焦在他身上——電視台竟然將他COSPLAY成『燕尾服蒙面俠』。

鐵面王子的神祕真面目亦是節目的賣點之一。孫昊音倒是無所謂，只要可以戴面罩，他都可以配合演出，再說這種禮服也是他愛穿的服飾。

布歐居中，就像國王一樣，而他確實是樂壇中資歷最深的大哥大。

電視台眾多連續劇的主題曲，大都是由布歐作曲，自從孫昊音入行，兩人就常常合作。初生之犢不畏虎，孫昊音曾向布歐挑戰琴藝，結果甘拜下風。布歐姓布，由於身形肥胖，就有了「魔琴布歐」的外號。

舞台上的螢幕逐一映出三位評審的臉。

主持人出來講開場白：

「初選的賽程分爲兩日，我們分別有A、B兩組，總共六位專業評審。今天A組的評審團是亞洲殿堂級歌星白玟、作曲鬼才布歐和蒙面塡詞人孫昊音……經過競爭激烈的海選，我們已淘汰了九成參賽者。今天出場的是入選A組的一百位歌手，當中只有十五位能留下，目標是爭取三位評審的青睞……」

評審身兼雙重身分，既要判決比賽的勝負，亦要擔當參賽者的導師。要不是布歐幫忙做說客，孫昊音才不會願意上節目，如今活在鎂光燈底下，跟拋頭露面沒兩樣。

「你就當爲香港樂壇發掘新人吧！」布歐說過。

像他們那些老鬼，最希望看見本地樂壇重現昔日的輝煌……孫昊音心中也有這樣的盼望，只好慷慨赴義。

香港很小，還是有不少人追夢，懷著從「草根」躍身爲歌星的夢想。

上世紀八、九〇年代，那是樂壇最輝煌的時代，這片彈丸之地誕生了不少巨星，粵語歌紅遍亞洲，每年的頒獎典禮都是全民矚目的盛事，廣播道塞滿了追星族，明星收到的親筆信都是以箱爲載送單位……

電視台在開賽前播出三分鐘的剪輯短片，果然起了煽情的作用，令新一代的年輕人有了憧憬，令心已冷的大人們重溫舊夢。

短片結束，主持人當眾唸出旁白：

「今晚這個舞台，就是巨星誕生的地方！」

第一位參賽者登場，但孫昊音等評審背對著舞台，所以瞧不見他的臉，只能聽見他自報姓名的聲音。

是個年輕的男人，歲數大概在二十至三十歲之間？他要唱的歌是陳奕迅的〈傷信〉。

當參賽者開始唱歌，孫昊音就要決定按綠燈還是紅燈。按紅燈是淘汰，從頭到尾也不用看參賽者一眼；而按第一下綠燈，大椅就會旋轉，評審可以看清楚對方的台風，再決定是否要收他為徒。

「好難聽。」

孫昊音毫不猶豫按下了紅燈。

有位名人說過，香港人最喜歡看別人「摔倒」，最好摔個四腳朝天狗吃屎。為了滿足觀眾黑暗的慾望，這個舞台也有個特別設計，只要是三位評審一致按紅燈淘汰，地板都會自動開洞，台上的參賽者就會直接消失。

「呀！」

第一位參賽者被淘汰了，當他掉入黑暗之中，發出一聲慘叫，這一聲也彷彿為殘酷的比賽揭開了序幕。

開場時，孫昊音還會於心不忍，但首批參賽者都唱得太難聽了，於是第一個按燈的總是他。還好他由始至終都背對著參賽者，瞧不見對方的表情，所以比較好下手。

紅燈。紅燈。又是紅燈……

「有點走音，你走路也得小心。」

「這首歌由你唱出來，歌名應該改爲『煎熬』。」

「饒了我吧！唱準每個音有那麼難嗎？」

孫昊音的評語總是不留情面。

布歐裝出懇求的樣子，向他調侃：

「老孫吶，鐵面王子這封號可不是蓋的！不過你這麼嚴格，會不會挑不到徒弟，到時候搞到自己玩不下去？」

孫昊音並不老，布歐故意叫他「老孫」，只是一番戲言。

說實在的，孫昊音心裡也很矛盾，就算參賽者達不到他的期望，他也要從中挑選五位「學員」。

「就算不收徒，也可以按燈看看對方的樣子啊～我最喜歡帥哥了～」

白玟的策略明顯是寧濫莫缺，先圈定一些還過得去的選手，然後再從中挑選……不，她是來鬧著玩的，只要對方嘴巴甜，討得她的歡心，她就樂意收對方當學員。

上台的參賽者已經有三十位，其中二十五位掉進了地洞。

白玟將三名帥哥收入麾下，她似乎有意組成「帥哥戰隊」（孫昊音透過無線耳機，聽見節目總監喊話：**男女學員人數要盡量均等！**）。

布歐暫時選了兩人，分別是業餘男歌手和混血兒女歌手。孫昊音始終過不了心理上的關口，稍微覺得合格的選手，又被布歐搶走（就是那個混血兒女歌手）。

孫昊音覺得心灰意懶，究竟自己是不是太挑剔呢？說眞的，樂壇很多新秀歌手唱歌也走音，這些參賽者未受過專業訓練，唱歌走音也是無可厚非吧？但這些選手就是缺少一股魅力，簡單來說就是歌聲裡沒有靈魂。

香港眞的沒人才了嗎？不……

那少女的歌聲……

事隔三個月，孫昊音依然記憶猶新，當時在包廂迷幻的燈光下，他聽到了久違的天籟之音。

她的名字好像是叫……

「我叫COOKIE，曲奇餅的曲奇。」

下一位參賽者出場，向主持人報上名字。

聲音和名字重疊在一起了。

COOKIE!?

當孫昊音聽到椅後的聲音，心頭不由得一震。他恨不得立即按燈，一睹對方的眞面目。

「哈，妳的英文名眞特別哩！唔，妳今天的化妝和衣著……也非常獨特呢！妳要唱甚麼參賽歌？」

「呃……SAMMI鄭秀文的〈表演時間〉。」

「噢？妳這麼年輕，居然會唱SAMMI的歌？」

「會喔，她的歌都很好聽。在我心目中，她是可以代表香港的樂壇天后。」

——是她！她怎會來參賽的？

孫昊音滿腦子都是疑問。

場內響起拉丁舞曲似的前奏，釘鈴鐺鋃融入編曲，拍子由緩轉急，如導火線般點燃發熱發亮的燈芯。

由評審席的方向，只看得見映照舞台的射燈和人山人海的觀眾。不知爲甚麼，人人臉上都有奇怪的表情，觀眾席瀰漫著一股詭異的氣氛。

「城裡正八點、他表演唱歌……」

這首歌的節奏愈來愈快，少女的歌聲絲絲入扣，第一句唱得還不錯，第二句卻犯下大錯。

「而我卻懶得……看他、怎唱歌……」

她居然忘詞了。

嘟！白玟按下紅燈。

孫昊音深感不妙，唱快歌一旦脫軌，就很難重拾節奏。

「而我卻懶得、跟我……來道破……」

她第二次忘詞，其表現大大失準。

嘟！布歐也按下了紅燈。隱藏的麥克風接收到他嘀咕的評語：「唱錯歌詞比在台上放屁更不可饒恕呢……」

孫昊音卻一反常態，遲遲未按紅燈。

過了一分鐘，全曲的主旋律播完了一遍，COOKIE在歌藝上仍未有突出的表現。儘管如此，她的唱音還是如琴鍵般準確，孫昊音的音感超強，每個音階的偏差都騙不過他的耳朵。

問題是她的歌聲含苞未放，遠遠未達到令人讚好的水平。

布歐伸出了身子，向孫昊音那邊探頭探腦。

「你的機器是不是壞了？」

孫昊音就是遲遲沒有按燈。

就在此時，舞台上的歌聲起了變化，COOKIE彷彿擺脫了枷鎖，開始盡情引吭高歌。但她唱錯歌詞的形象太過強烈，觀眾臉上都露出不耐煩的表情，似乎很期待孫昊音盡快按下淘汰的紅燈。

只有孫昊音曉得她眞正的實力。

——不管了！

哪怕會鑄成大錯，孫昊音按下了綠燈，座椅隨即一百八十度旋轉，正向舞台。一與她打個照面，孫昊音立刻受到驚嚇——

COOKIE身穿破爛的灰裙，額前的劉海好像被狗牙咬過一樣，加上塗鴉一般的化妝技術，恍如一個女乞丐站在台上唱歌。

——到底是哪條腦筋出了錯，她才會打扮成這樣來參賽！她是用萬聖節的標準來化妝嗎？難怪觀眾的反應那麼冷……她的奇貌太令人分心了。這樣的話，無論她唱得多麼動聽，也無法炒熱現場的氣氛。

由於孫昊音戴著面具，COOKIE似乎認不出他。自從他按下第一盞綠燈，COOKIE的信心大增，演唱漸入佳境，音域拓闊到全新的領域，一聲蓋過一聲，捲起一波波翻滾洶湧的巨浪。

「由表演、發誓時最熱情的香火、討好我、火圈也都衝過——」

就在歌曲進入最後的副歌，她終於發揮得淋漓盡致，展現爆發力十足的高音域，總算爲整首歌劃下美好的句點，只是這個句點令人覺得意猶未盡。

餘音嫋嫋之際，布歐和白玟的太空椅也自動轉過來了，與孫昊音一同面向舞台。

「哇……妳是沒錢買衣服和化妝品嗎？」

布歐第一眼看見COOKIE，顯然也嚇了一跳，忍不住出言揶揄。他朝孫昊音瞥了一眼，孫昊音仍是緘默無言，冰冷的面罩亦遮掩了他的表情。

「可惜、眞可惜喲！妳後段唱得很不錯，可惜爲時已晚。如果妳前面唱得跟後面一樣好，或許可以過關。但這是水平很高的比賽，我們要求也很高，犯一點小錯都足以令妳被淘汰。」

布歐始終憐香惜玉，眼見COOKIE一副嫩相，話也沒有說得太狠。

白玟亦用友善的眼神看著台上。

「妳看來缺乏參加比賽的經歷，對不對？妹妹，妳這麼年輕，好好努力磨練技巧，將來一定還有機會的。」

台上的COOKIE只是苦笑，無言以對。

開賽前，評審團曾經開會討論評分準則，忘詞是對歌曲不尊重，亦是大忌中的大忌。

背景的曲面螢幕沒有亮綠燈。

正當人人都以為就此結束，現場播音突然傳出低沉的男聲：

「不好意思……我現在按燈還來得及吧？」

說話的人是孫昊音。他冒著被嘲笑的後果，按下了第二次綠燈。

布歐和白玟詫然地看過來。

「甚麼!?你要收她為徒？」

面對布歐的問題，孫昊音顯得有點侷促，乾咳了一聲，口出狂言：

「我對她很有興趣！雖然她失準了，但我覺得她很有潛力。我在她身上看到一點東西……這不只是她個人的比賽，也是評審之間的比拚吧？名師出高徒，如果我能成功改造她，你倆都會對我甘拜下風吧？」

布歐和白玟面面相覷，接著由布歐笑著回應：

「你這小子！真狂妄！如果她下次沒有脫胎換骨，我就要塞你吃饅頭！」

這是在做節目，孫昊音曉得這樣說很有戲劇效果，一定可以蒙混過去。他直視向舞台，與COOKIE四目交接。她那疑惑的樣子自是難以掩飾，唯一的反應就是連說三聲「謝謝」，同時深深鞠躬。

他從沒想過——他與她只是萍水相逢，但他為她賭上了名譽。

那一刻孫昊音還不曉得，一段不能曝光的關係正要開始……

戀戀心心

戀戀心心　深深埋在我的心
從此與你心心相印
牢牢扣著　*LOVE*的迴紋針
自此以後　永・不・分・開

06 歌衫淚影

「星秀傳奇」首輪初賽是錄影節目，下一輪複賽才正式開始直播。

星期日，上午一大早，COOKIE依照電視台通知的時間，來到錄影廠的後台。

昨天，A組的初賽已經結束，B組的初賽將於下午舉行。經過兩輪去蕪存菁的選拔，將會剩下三十名歌手，六位評審老師各收五名學員。

COOKIE戰戰兢兢地開門。

後台未有其他人，最矚目的東西是一台可滑動的黑色大鋼琴。這裡的空間非常寬闊，應該可以塞得下十多頭大象……COOKIE一邊遐想，一邊凝視著布簾後的舞台。

「昨晚，我的表現真是糟糕透頂……竟然可以入選，簡直就像作夢，真是奇蹟一般的走運！」

COOKIE滿腦子都是自己昨晚的醜態。

昨天發生了一連串倒楣事，先是遇上一個股壇失意的理髮師，接著在吃麵時弄髒了連身裙……她懊惱不已，都怪自己缺乏參賽經驗，上台的衣服該用布套另外攜帶才是穩當。她急瘋了，想起某少女漫畫中的情節，就賭一把，剪爛裙身的外層來掩飾污漬，創造龐克風格失敗，結果弄得不倫不類。

耳邊出現皮鞋踏地的叩叩聲。

COOKIE的思緒飄回後台，一回頭，就看見戴著太陽眼鏡和口罩的孫昊音。與昨天不同，他今天穿著簡便的襯衫和直筒牛仔褲。

「孫老師，昨天很感謝你！由於你之前很少上鏡，我也不算很認識你，但自從昨晚之後，你就成了我非常崇拜的人。」

她低著頭打招呼，心頭有點忐忑。

近年，不少新歌都由孫昊音老師填詞，她也聽過好幾首，全部都是扣人心弦的傑作。他看來是個很嚴厲的老師，但他昨晚力排眾議選上她，這件事真是讓所有人跌破眼鏡——她曾想過他只是藉話題炒作。

沒想到對方第一句竟然說：

「傻女，妳是聾了還是瞎了？眞的認不出我？」

COOKIE微微抬頭，就看見孫昊音舉起手，緩緩挪開了太陽眼鏡和口罩。

有八卦新聞說，鐵面王子戴面具，是因爲他臉上有條大傷疤……眼前卻是一張俊美無瑕的臉，清秀的眉目，如星般閃爍的眼睛。
COOKIE目瞪口呆捂著嘴，好不容易才喊出一聲：
「恩公！」
孫昊音上節目時，故意壓低聲音說話，加上她異常緊張，所以才沒有察覺到他的身分。不管怎樣，她始終萬萬想像不到，當晚在KTV裡獨坐包廂的怪客，居然是當紅的塡詞人。
氣氛有點異樣，COOKIE緊張地左顧右盼，整個後台只有她和他兩人。孫昊音不僅沒有接話，還用冰冷的眼神瞪著她。
「咦，爲甚麼只有我？其他參賽者呢？」
「我想摸清楚妳的底蘊，所以叫人約妳早一點過來。」
「哦……」
COOKIE喏喏應了一聲，說話怯聲怯氣的。她不敢再正視他，悄悄移開了目光，但紙包不住火，有些問題始終逃避不了。
「妳不是說自己是十七歲嗎？爲甚麼妳可以報名參賽？」
孫昊音沒有半句廢話，直接問中了要害。
「呃……你記憶力眞好哩……」

COOKIE不想說謊，只猶豫了三秒，便鼓起勇氣說出眞相：

「我有個朋友叫紅豆。報名塡表時，我借用了她的身分證……她的長相跟我有幾分像，朋友都叫我倆作『TWINS』。電視台也沒做核查，所以我就蒙混過了關，成功上台……」

雖然孫昊音早有心理準備，但聽到這麼胡來的事，還是臉色大變。他那個詫異的表情好像買錯馬的賭徒，既無辜又無奈，令COOKIE感到相當自責。

「妳有沒有搞錯？這樣做是僞造文書，這是犯法的喲！」

「對不起……眞的很對不起……我本來只是想增加比賽經驗……」

「我也眞是的，居然鬼遮眼，給妳亮綠燈……」

孫昊音掩著臉，一副苦惱的模樣。

「對不起，我……我也不知要怎麼補救……要不我棄權好了。」

「問題是我曾經誇下海口，說過要令妳突圍而出。我跟布歐打賭，如果我輸了，就要脫下面具，當眾吃饅頭，這種影片一定會被放到網上流傳。唉，妳到底是爲了甚麼來參賽的……」

COOKIE眼圈泛紅，揉了揉眼，才幽幽地說：

「除了唱歌，我已經一無所有。」

孫昊音一臉不解地看著她。

「一無所有？妳說得太誇張了吧？」

眼前這個男人，已經爲自己押上了名聲，COOKIE對他無比信任，便毫不隱瞞交代自己的身世：

「以我的成績，頂多是考上大專院校的副學士〔註〕。現在我住的地方，怎麼解釋好呢……就說是一所寄宿學校吧。我即將要畢業，我無依無靠，打工存的錢未必夠用。當我看見『星秀傳奇』的廣告，就知道這是千載難逢的機會，我希望改變自己的命運。」

「妳的家人呢？」

「我媽媽在我十三歲時就跟男人跑了。她是越南人，當年十八歲嫁給我爸，夫妻倆就在越南經營小生意。我爸是香港人，就想到要開卡拉ＯＫ酒吧。那只是很破爛的歌廳酒吧，幾乎沒有新歌，不過客人都是以中年男人爲主，他們都愛聽上一代的流行曲。」

「哦！難怪當晚在包廂裡聽妳唱歌，妳唱的歌十之八九都是舊曲。」

越南女人拋夫棄子跑路，這種事不時上新聞。所以，孫昊音也沒露出太驚訝的表情。無可

註：相當於台灣專科畢業。在香港，副學士課程都是由大學所開辦。

否認，對某些女人來說，婚姻只不過是一門買賣，追求一個翻身的機會。

「爸爸生意失敗後，帶我們回來香港。我十二歲前都不在香港，在香港的朋友不多，初中時我就輟學了。媽媽走了之後，爸爸變得很暴戾，一喝醉就會打人……我……我不得不離家出走，流落街頭。如果你是我，也一定會做出同樣的抉擇，因為那個家是我最恐懼的地方。」

十四歲的時候，真的流了很多眼淚……COOKIE說的都是真話，不管別人信不信，她就是一股腦兒說出來。

「我曾經學壞，但我一直自力更生，沒拿過男人的錢。要回來這個社會，我真的很需要錢。就算拿不了冠軍，只要進入八強，都會有三萬元〔註〕的獎金吧？這筆錢對你來說可能是小錢，對我來說卻可以改變我的人生。」

要說她沒有恨自己的母親，這是不可能的事，所以她絕不允許自己靠出賣肉體來換取較好的生活。

孫昊音聽到這裡，終於開腔了：

「妳相信自己可以進入八強？」

COOKIE用盡渾身的力氣點頭。

「只要我正常發揮，我有信心可以！唱歌就是我的生存價值！」

她也不知何來的自信。腦中浮現那個豁盡一切賣唱的小女孩，當年她無力改變酒吧的厄運，如今她仍是不服氣，心中湧出賭上一切的勇氣。

眼前的男人不再繃著臉了。

「妳知道自己的價值，這就夠了。妳至少給我撐到八強，才可以自動棄權，否則我顏面無光，以後在這一行就不用混了。這一個月，只要妳肯努力練習，我一定會令妳脫胎換骨。」

COOKIE呆了一會才明白過來，孫昊音這樣說，即是要幫她隱瞞的意思。她喜出望外，向他行了個九十度的鞠躬禮。

「謝謝你！你眞是大、大、大好人！」

這時，孫昊音已走到鋼琴那邊，不急不徐坐在板凳上面。他逕自彈起了鋼琴，纖巧的指尖沿著黑白鍵靈動，琴聲如流水般涓涓而來。一高一低的音階在他手中是揮灑自如的緞帶，一輪輕描淡寫的試音之後，音符就在空中拼湊成耳熟能詳的樂曲。

〈風的季節〉——

註：約台幣十二萬元。

他不用琴譜就能彈奏出這首歌，COOKIE不由得看得痴了，心中直呼「好厲害」。只彈到一半，他就停住了，回頭看過來。

「梅艷芳的歌妳都會唱吧？我們就用她的歌來練習吧。哪一首好呢……〈歌衫淚影〉好不好？妳會唱嗎？」

「會呀！梅艷芳的歌我都很熟。」

「這是一首慢歌，很適合用來細磨妳的唱功。」

當晚在KTV包廂，她唱了〈夢伴〉、〈女人心〉、〈赤的疑惑〉這些歌，所以他對她的歌唱風格已經有所瞭解。

COOKIE隨即就位，配合孫昊音的鋼琴演唱。緩緩的音符飄來，勾起她似水流年般的記憶，楸愴的喉音順其自然而出，配合探戈般的旋律輕舞飛揚。

一個個琴音如同通往天空的階梯，引導她走向燦爛的艷陽。

唱到一半，愈唱愈高亢，她投入得閉上了眼睛。

〈歌衫淚影〉是首歌詞不多的慢歌，全曲時長三分鐘左右，但這三分鐘令她使盡了渾身解數。唱完最後一個長高音，她心口冒出炙熱的感覺，彷彿有股暖流暢快地流遍了全身。

雖然孫昊音沒有讚美，但至少他沒有臭著臉和皺眉。

她看著他起立離座，指著不遠處的直架，直架上擱著麥克風。
「我們這一次開音響，妳用麥克風來唱。妳昨晚犯了一個很大的錯誤，當妳唱長高音的時候，忘了做『拉MIC』的動作。」
「『拉MIC』？你意思是拉開麥克風嗎？」
「嗯。跟KTV的設備不同，舞台上的麥克風收音非常敏銳。當妳唱真高音的時候，音量一定會提高，如果嘴巴太貼麥克風，聲音就會破開。」
這樣的提示有如暮鼓晨鐘，COOKIE立刻領悟到竅門。
「你說的沒錯！我想起來了，歌星唱高音的時候，都會做『拉MIC』的動作。」
「如果麥克風固定在直架上呢？」
「給我想一想……頭應該要向後仰吧？」
「正確。」
雖然COOKIE沒錢看演唱會，但她曾在網上看影片學唱歌。只是自從她住進宿舍之後，宿舍裡禁播電視和限制瀏覽網站，她才忘記這麼重要的技巧。
孫昊音突然捏著下巴，露出若有所思的模樣。
「還有一件事。妳上台唱歌，會感到怯場嗎？」

「不會。我自小就在爸爸的酒吧表演。有好幾年，幾乎晚晚我都要上台駐唱，客人都會給我打賞。」

孫昊音忽然投來憐憫目光。COOKIE不用問也猜出他的想法：那種爸爸當她是童工嗎……

「這可奇怪了。既然妳有豐富的演唱經驗，昨晚妳在台上的表現，卻有點不自然……」

「射燈很刺眼，我幾乎睜不開眼睛。」

孫昊音聽到她的解釋，目光亮了一亮。

「原來如此！妳一直在KTV那種地方唱歌，沒有上台的經驗。咦，我聽說比賽前有彩排，難道妳沒來嗎？」

「我沒來……應該說，我是來不了。」

「為甚麼？」

「你不妨想像我住在少年輔育院，事實上也差不多。星期一至五都要留在荒島般的地方，只有週末可以到市區。還好賽前指導和比賽都安排在星期六、日，對我來說實在太好了！」

孫昊音一聽到「少年輔育院」五字，好像受到了晴天霹靂的刺激。

「給我時間冷靜一下……好了，我們這次練唱，就要對症下藥，讓妳適應站在舞台上的感覺。」

剛好有場務人員進來，孫昊音便過去拜託對方幫忙，打開正對舞台的射燈。COOKIE感到莫名其妙的興奮，邁前一大步，又跨出一大步，踏上那個代表夢想的舞台。

這次，耳邊響起〈夕陽之歌〉的旋律。

縱使過往遭遇諸多不幸，她也沒有眞正變壞，也許上天始終有憐憫之心，才讓她遇上孫昊音。

感情路上，一個女人不管如何噩運連連，最大的運氣就是遇上一個對的人。

舞台射燈照得她盈盈發亮。

她唱出了發自內心的歌聲。

「斜陽無限，無奈只一息間燦爛——」

07 睡公主

「曾遇上幾多風雨翻，編織我交錯夢幻——」

面對滿座的觀眾席，COOKIE在射燈顯耀的舞台上，完美做出拉開麥克風的動作，每個長高音都展現出震撼全場的唱功。

正式演出的表現比練習和彩排時更好，她還未唱完最後一個音節，全場觀眾已發出瀑布般的掌聲。

到了現場直播的複賽階段，六名評審聚首一堂，觀看A組和B組合共三十位入圍歌手拜師後的演出。這一輪將會淘汰六名歌手，只剩二十四名可以留下，晉級到下一個階段。

「天呀！眞的是同一個人嗎？」

評審白玟難以置信地看著COOKIE。

「高音爆，中音準，低音迴腸蕩氣……好聽到我耳朵都懷孕了。妳翻唱這首〈夕陽之歌〉，亦勾起我們對梅姊的回憶。」

布歐也看得闔不攏嘴，向孫昊音拋出一個讚歎的眼神，暗含「眞有你的」這樣的意思。

「唔……幸好妳沒令我丟臉。」

孫昊音的評語只有一句話。

短短一個月，孫昊音成功將COOKIE訓練成這樣的歌手，連他本人都意氣風發起來，面罩也掩飾不了他那輕揚的嘴角。這也不是甚麼點石成金的魔法，倒有點像「隨地撿到寶石」的怪運氣。要不是他一早聽過COOKIE唱歌，他也許會依規矩辦事，在上一個階段早就淘汰了她。

——她在台上的演唱比平時更好，可見她是適合現場演出的歌手。

不過，最驚人的還是她在外貌上的改變。進入複賽階段，電視台就會為選手安排化妝師。當晚，化妝師除了化妝，還使出獨家器材之負離子直髮梳，大大改造COOKIE的髮型，幫她搭配素色的上衣、花紋短褲和褲襪。她上次的「乞丐裝」太過深植民心，如今恍似灰姑娘大翻身，誰都會驚歎她在顏值上的改變。

布歐遠遠指著COOKIE的臉，用誠懇的態度說著有點輕薄的話：

「妳今晚的外表也令人刮目相看呢！舊時的人說，化了灰都認得你，現在更厲害，化了妝就完全不認得妳了！」

這番話惹來全場爆笑，亦說出了孫昊音的心聲。

坐在布歐旁邊的凍齡青年，他的藝名已和「歌神」畫上了等號。他也認同COOKIE的演出，豎起拇指稱讚她是可造之材。

六盞綠燈，六位評審一致認同COOKIE可以晉級。

孫昊音一眼掃過評審席，三男兩女，依次是白玟、布歐、歌神、何仙姑和嚴老師，全部都是樂壇中夙負盛名的前輩。所有評審中以孫昊音的資歷最淺，他被說服參加這個節目，難免有種「敬陪末座」的感覺，所以他竭力栽培COOKIE，也是爲了吐氣揚眉。

連聲道謝之後，COOKIE喜孜孜地離開舞台。

孫昊音特別注意她離台的舉止，這次她抬頭挺胸，步履充滿自信……他的叮嚀她都做到了，上台和離台的儀態都會影響印象分，總之每個細節都不能疏忽。

——可惜她用假證件參賽，否則以她蛻變後的表現，要進入三甲應該不成問題。

虛報年齡會令她喪失參賽資格，僞造文書更是刑事罪行。

孫昊音嘆氣之餘，亦改變最初當評審的態度，開始關注其他選手的演出。一個月前的初賽，他只看過A組選手的演出，當時眞的飽受煎熬，滿腦子都是「很想把所有參賽者淘汰」的怨念。

出乎孫昊音的意料，由B組上來的選手都比較優秀。

例如有個叫倪剛的男歌手，他挑戰高難度歌〈死了都要愛〉，這首歌要是唱得不好，就會唱得「鬼哭狼嚎」。孫昊音聽得出來，這個倪剛應該受過專業的聲樂訓練，眾多已出場的男歌手之中，就以他唱得最好。

他大有可能是COOKIE的最強勁敵……孫昊音邊喝水邊想。

「讓我們用掌聲歡迎下一位參賽者——HELENA，葉琪琳。」

當孫昊音聽到主持人這番話，差點噴出吞到喉頭一半的水。

白衣伊人登台，果然就是他認識的HELENA。

她穿著一件剪裁貼身的低胸洋裝，盡顯雪白無瑕的肌膚，加上燙染成栗色的垂胸長髮，天生麗質自然煥發，更有一種大家閨秀的娉婷風姿。

「妳令我眼前一亮呢！妳這種素質，去選香港小姐也贏得了！」

布歐見慣了明星，也忍不住讚歎她的美貌。

「我對唱歌比較有信心。」

HELENA露出甜美的笑容，說話時有種迷人的外國腔。

歌神談笑風生，向著布歐，替HELENA說話：「你不曉得初賽的時候，我們這邊的導師都搶她當學員呢！只聞其聲未見其人，我已被她的歌聲深深吸引。」

那一幕已經在電視上播出，HELENA這個才貌兼具的女神映入全民眼簾，網上已有網民爲她成立後援會。這個月孫昊音與世隔絕，絕少看電視，直到這一刻才曉得她登台參賽的事，當然感到格外震驚。

嚴老師托了托眼鏡，看著平板電腦，忍不住提問：

「妳是英國女皇音樂學院的畢業生？這麼說，我們是校友吶。」

「對，我今年剛剛畢業。我主修聲樂，有朝一日，希望能參與百老匯的演出。」

初賽有「盲聽」的規矩，電視台隱瞞了參賽者的背景資料，直到今天才一一披露。即使嚴老師是B組的評審，也是第一次得知這樣的事。

「眞大的理想。期待妳的表現！」

誰都聽得出嚴老師酸溜溜的語氣。初賽時，三位評審按綠燈，HELENA有權選擇要當哪位評審的學員，最後她拜入「歌神」門下，嚴老師難免爲此耿耿於懷。

曲聲響起。

鄧紫棋的〈睡公主〉。

HELENA的柔聲繚繞全場，纏綿在觀眾的耳際，美聲之甜，有如一絲絲令人耳朵軟化的棉花糖。天生的美貌，加上白色的長裙，令她看起來就像天使一樣，當晚的舞台只有她配得上女神這個稱號。

每一段歌詞，每一聲變化，她都唱得游刃有餘，音準就像調校過的鋼琴般絲毫不差。

「她唱得眞好，不愧是專業級的。」

布歐對白玟低聲說話，但孫昊音都聽見了。

沉睡中的主角　怎會怕寂寞

童話中的主角　一百年躺臥

一點一點涓流匯集成泉，歌聲漸漸澎湃起來，音也愈唱愈高，一峰勝過一峰。運氣、轉聲和抖音一氣呵成，有如武林高手登峰，輕功蓋世毫無難度。到了高音的部分，HELENA的海豚音彷彿一飛衝天，騰雲駕霧超越了巔峰，令觀眾有種飄飄欲仙的錯覺。

「BRAVO！」歌神雙肩聳動，叫了出來。

孫昊音也在心中讚妙，她這首歌選得好，既有柔情的段落，亦有高喊的部分，充分展現出一流的歌唱技巧。

埋在心底的愛慕

能否跟你透露——

HELENA未唱完，六位評審已經按下了綠燈。連孫昊音也不得承認，她的唱功完美得無可挑剔。

演唱完畢，全場掌聲如雷。

布歐和歌神讚不絕口之後，何仙姑忽然問起八卦：

「我好奇問一問。HELENA，妳爲甚麼來參賽？」

這種問題，通常只會得到公式化的答案。

但HELENA的回答令全場譁然：

「我喜歡的男人會看這個比賽，我要他不得不注視我。」

HELENA說話的時候，正眼對著評審席。

她的目光令孫昊音心頭一震。當晚的比賽是直播節目，幸好他戴著面具，鏡頭移過來的時候，沒拍到他的表情變化。

他有預感，這個比賽將會演變成兩個女人的對決……

□

當晚的比賽再無大驚喜，但多虧了COOKIE和HELENA的亮眼表現，節目創下非常高的收視率。節目監製眉開眼笑，電視台的台長孟嬅還親自到場，向布歐和孫昊音等評審致謝。

在孟嬅叮嚀之下，工作人員都要協助孫昊音，幫他保密眞面目。孫昊音心中對這位女強人又敬又畏，敬的是她做生意的手腕，畏的是她利用他的眞面目作爲賣點這樣的手段。

不覺已是晚上十一時。

黑夜中，黑色的老爺車裡有一男一女。

孫昊音開車送HELENA回家，由於節目的錄影廠遠離鬧市，爲了方便往返，他向老爹借走車庫裡的老爺車。

「眞懷念！我以前也坐過這架老爺車。」

「嗯……我記得，我爸當時好像是載我們去淺水灣玩？一眨眼，我們就長大成人了。」

「我可以吹吹風嗎？」

HELENA貪玩，搖下了車窗，覺得風聲吵耳，又將車窗搖上。這種用手搖桿來開車窗的車子，恐怕以後只會在博物館才看得到。孫家富有，才有閒錢保養這樣的老爺車，尋常人家根本連多餘的停車位都租不起。

「妳堂堂英國女皇音樂學院的畢業生，這種流行音樂的獎項，妳怎會看得上眼？」

HELENA鬼靈精地眨了眨眼。

「有沒有很驚喜呢？」

「拜託。我心臟很弱的……妳說的甚麼『喜歡的男人』，應該不是說我吧？」

「唔，喜歡的男人——Well, I'd say it's a plural term. Not singular.」

HELENA飆起了英語，竟然詭辯說「喜歡的男人」是個眾數。孫昊音莫可奈何，也懶得深究下去。

「妳的目標達到了。現在妳已成爲全港男人的女神，愛慕者多不勝數。」

HELENA鼻子裡「哼」了一聲，一轉臉又問：

「你呢？有沒有對我產生愛慕之情？」

「我們現在應該是敵對的關係吧？妳是歌神的學員。妳好勝，我也一樣好勝喲。」

「你好像對那個叫COOKIE的學員特別好哩。」

孫昊音稍微分心，車子微微飄移。

「哪有？」

「剛剛我在後台準備區，也聽到她唱歌。她的表現有如天壤之別，我知道，你一定花了很多心思栽培她。」

「我選了她當學員，當然要盡責啊！」

「你的其他學員好像全部慘敗呢……」

一扯到這件糗事，孫昊音頓感臉上無光。當晚淘汰的六名選手，其中四名是他的學員。在初賽選秀的時候，他一直期待會有滄海遺珠，怎知愈遲出場的選手愈糟糕，到了最後選無可選，他隨便選了四個資質平庸的學員，結果在今晚的比賽全被淘汰。

孫昊音保持沉默，專心沿多彎的路段行駛。

「到了。」

一轉眼，眼前就是雙扉大閘。

車子開到半山，停在豪宅的門口。

「掰掰……」

HELENA下車時，忍不住多口問：

「你還沒有忘記她吧？」

孫昊音怔了一怔，他唯一的反應是無奈地苦笑。

「晚安！請代我向UNCLE和AUNTIE問好。」

他避而不談，目送她入屋，開車駛入冷風之中。

——要忘記一個人，有可能嗎？

車廂裡，只有孫昊音聽見自己的長嘆。

一個人的時候，就會有孤獨的感覺——不，就算在人多的時候，他也會有孤獨的感覺。

孫昊音停在碼頭，眺望波光斑爛的維多利亞港，仰望華光四散的貿易中心。

車廂的後座上有一個花俏的紙袋，不知剛剛HELENA有沒有瞧見呢？他由駕駛席轉身，將紙袋拿到了手上，再緩緩拆開袋裡的禮物。

標籤上的署名是「COOKIE」。

很明顯，她是怕自己輸掉，所以才在比賽前送出謝禮給他。

孫昊音這個月來，每逢週末都會指導COOKIE唱歌。他對她特別關心，經常加時補課，而她也沒令他失望。與其說他忽視其他學員，不如說他覺得那些學員無藥可救。

紙袋裡有個小盒，盒裡有個玻璃瓶，薰衣草的香氣撲鼻。瓶裡塞滿了七彩繽紛的紙摺心心，心心上都有用迴紋針扭成的英文字「Love」。

「噢！原來迴紋針可以扭成這樣，眞想不到呢！」

孫昊音感動的程度，就跟平生第一次吃車仔麵一樣。不過他大概可以想像，要摺這麼多的心心和扭迴紋針，應該要花不少時間，也只有少女才有這樣的心思和閒情。

他又拆開隨禮物附上的信，瞥眼讀了一遍，甚麼「恩重如山」，甚麼「銘感不忘」，每一句都令他啼笑皆非。最有趣是她說自己在做這份禮物時，睹物生情、靈感爆發，於是填了一首詞，懇請他這位專業填詞人評鑑一下：

〈戀戀心心〉

戀戀心心

深深埋在我的心

從此與你

♥♥相印

牢牢扣著

LOVE的迴紋針

自此以後

永・不・分・開

孫昊音「噗哧」笑了出來。

「這個傻女……這算是哪門子的塡詞？」

傻裡傻氣，任意妄爲，對孫昊音來說，COOKIE彷彿是前所未見的外星生物。在他自小成長的世界，身邊都是菁英人家的子女，貪慕虛榮、循規蹈矩，很少會有像她這樣的人。

他這輩子，也是第一次收到這樣的手作禮物。

——只希望老天可憐一下這個傻女，讓她闖入八強。

掛在車前面板充電的手機震了一震。

夜半十二點，誰會在這時間傳訊息過來？孫昊音心想一定不會是好事，一看螢幕，發訊人的名字是「傻女」。

訊息只有三個英文字母：「ＳＯＳ」

ＳＯＳ？是求救訊號？不會是甚麼急事吧？

孫昊音一邊擔憂，一邊撥出電話。

電話另一端，立即傳來痛苦的聲音：

「救我……你可以來救救我嗎？」

08 繾綣星光下

電視台附近有間三星級的飯店，COOKIE正躺在床上看電視。

參賽者亦有來自廣東省的選手，電視台再怎麼省成本，也必須爲有需要的選手提供住宿。孫昊音略知COOKIE的情況，好心幫她爭取了這樣的福利，每逢週五至週日都可入住飯店。

接下來的比賽都會在週末舉行。

通過複賽之後，過關的選手都有一定的水準，要進入八強也不是輕鬆的事。參賽資格之一是要會講廣東話，COOKIE慶幸有這樣的要求，否則參賽者來自臥虎藏龍的神州大陸，要進入八強的難度就會大大提高。

「埋在心底的愛慕，能否跟你透露——」

電視機正播放剛剛比賽的畫面。

這間飯店房間雖小，但五臟俱全，更提供網路電視和平板電腦。

COOKIE很在意那個叫HELENA的選手。

這個對手的歌唱技巧確實很厲害。

除此之外——

剛剛，節目錄影結束之後，她特地去找孫昊音。在停車場，她遠遠看見HELENA上了孫昊音的車。

他和她是甚麼關係？COOKIE不敢過問。她也沒資格過問。但她無法欺騙自己，心中確實隱隱作痛。

「碩士生。英國女皇音樂學院。豪門千金小姐。唉，世上怎會有這麼完美的女人？真不公平。」

COOKIE閱畢HELENA的網上履歷，將平板電腦擱在床頭几，整晚都悶悶不樂。

咕嚕咕嚕……救命啊……她胃痛得動不了。肚子快餓扁了，由中午到現在，她都沒吃東西。這間飯店沒有客房叫餐服務，地點偏僻得連麥叔叔和肯伯伯都不肯過來。

叮！門鈴響起來。

「救星來了！」

COOKIE使盡僅餘的力氣，撐著牆走路，過去門口那邊開門。門外，孫昊音提著一大包白色塑膠袋，掛著菩薩般的笑容，說著尖酸刻薄的話：

「妳不吃飯，不怕胃穿洞嗎？不是騙妳的，妳的智商已經不高，一天不吃飯，智商就會減十，妳現在只剩八十，再減兩次妳就會變成智障。」

「我太緊張了，比賽時沒食慾……你人眞好，想不到你眞的肯過來。」

「唉。誰教我答應過，只要妳每次成功過關，我都要請妳吃飯。我只是萬萬想不到，妳今晚就會要我送外賣過來。」

「嘻。謝謝你來救我一命！」

和孫昊音共處一個月，COOKIE發現他有個世間罕見的優點，就是他很重視許下的諾言。雖然這位帥哥爲人有點冷酷，脾性頗爲古怪，但他絕對是個容易心軟的大好人。他也是可憐她參賽期間無法打工，才提出請她吃飯的私人獎賞。

COOKIE也顧不了儀態，捧起了塑膠餐盒，手快扒了幾口飯，吃得樂滋滋的。孫昊音坐近窗邊，打開另一個塑膠袋，竟然拿出一碗香噴噴的芝麻糊。

「哇！是芝麻糊！」

「這是我的宵夜。都怪妳刺激我的食慾。」

「可憐一下我……請我吃兩口嘛……」

孫昊音無可奈何，就請她吃了兩口。COOKIE臉上都是滿足的表情，心想有個願意爲她買外賣的男人眞好。

「既然我過來了，正好順便告訴妳，下週的比賽題目出來了——港劇或者港產片的主題曲。」

「港劇？港產片？」

COOKIE滿嘴都是食物，咬字含糊不清。

賽前，她就收到關於賽例的通知書。「星秀傳奇」和其他歌唱比賽最大的差別，就是由二十四強階段開始，主辦方會限制歌手選曲，而每回合得勝的歌手將會獲得很大的特權，在下一回合的比賽佔盡優勢。

「這個很好懂吧？即是說，妳下回合要選唱的曲，必須是電視劇或電影的主題曲。這題目很適合妳，因爲很多電影金曲都是舊歌。」

COOKIE腦中立刻響起某電影的主題曲……當她愣愣傻傻地瞧著孫昊音，竟然有臉紅心跳的感覺。

孫昊音莫名其妙地笑了。他指了指她的嘴，她照了照鏡子，才發覺嘴角都沾滿了芝麻糊，滑稽得連本人都忍不住發笑。

正當COOKIE去拿紙巾，孫昊音拿起床頭几上的平板電腦。聽見他發出一聲「喔噢」的驚歎，她才想起畫面正停留在HELENA的個人簡介頁，這件事的尷尬程度絕對遠超自己的吃相。

孫昊音正用好奇的目光看過來。

「我在調查對手……每個對手的資料都不能錯過吧？你祖先孫子說過，知己知彼，百戰百勝嘛……」

這樣的解釋應該可以混過去吧？COOKIE似乎是多慮了，孫昊音隨即若無其事地說：

「妳記得嗎？到了十六強，賽制就會變成一對一的ＰＫ淘汰賽。」

「嗯，入圍通知書寫得很清楚。」

「如果妳要晉級，一定會碰上HELENA，她將會是妳最大的對手。網上人氣投票的結果出來了，HELENA的人氣佔五成，是妳的兩倍。不過妳的人氣度排第三，也算不錯的成績。」

COOKIE悶悶不樂，嘛起了小嘴。

「衰人，你在打擊我的士氣嗎？」

衰人——這是她對他的稱呼，等於他叫她「傻女」一樣。

最初她叫他「恩公」，但他覺得太老套了。相公？老師？或者是歐巴，即是韓語中的「哥哥」……孫昊音都不滿意。COOKIE一氣之下，就說「乾脆叫你衰人好了」，沒想到孫昊音居然點頭贊同。

眞是個怪人……但她偏偏對他暗生了好感，帥哥就是得天獨厚。

「衰人，我問你一個問題哪。」

「甚麼問題？」

「如果初賽時你在B組，你會選HELENA當學員嗎？」

COOKIE彷彿聽見自己的心跳聲，頗擔心孫昊音的回應。當孫昊音搖頭的時候，她心中彷佛響起「太好了耶」的歡呼聲。

「唱歌方面，她比我還厲害，我沒有甚麼可以教她的。」

原來是這樣的理由……COOKIE還是暗暗有點高興。

「我要怎麼做，才能勝過她？」

「勝過她嘛……她學唱歌學了那麼久，絕非妳一朝一夕可以追上。我以我的專業意見告訴妳，妳和她單對單PK的話，幾乎毫無勝算可言。妳唯有祈求，在八強前千萬不要碰上她。」

連自己的導師都這樣說了，她整顆心即時冷掉，真的比灰姑娘更灰心。孫昊音似乎早就料到這種反應，隨即摸了摸她的頭。

「我剛剛是說『單對單PK』的情況。我是妳的導師，我加妳，就變成了二對一的局面，我會幫妳贏她的。妳還有很大的進步空間，只要妳能超越自己，妳就有取勝的可能性。」

聽到他這麼說，COOKIE感到飄飄然的，他那一下撫頭的動作亦令她有被寵的感覺。

她鼓起勇氣，提出任性的要求：「你可以跟我去一個地方嗎？一個我發現的私密景點。」

「私密景點？」

「嗯，保證只有你跟我，不會有其他人在場。」

不容他拒絕，她就扯著他走向電梯那邊。

□

一輪圓月掛在樓頂上空。

在這幽藍的夜幕中，銀輝映照寂靜的萬家燈火，放眼遠眺，還可以看見一小片海景。

「我聽到妳說要上來天台，還以為這裡有個空中花園……門上這個東西是不是警鐘？我們這樣破門而出，妳不怕飯店會報警嗎？」

孫昊音忐忑不安地說。他說的也沒錯，天台上別說是躺椅，連張椅子都沒有，這裡根本不是住客該來的地方。

「不會有事的，我早上在這裡待了兩個小時，都沒惹來麻煩。」

「兩個小時？妳上來幹嘛？」

「看日出和練唱。」

COOKIE背對著孫昊音，仰臉望向圓圓的月亮。

「我小時候，都是在天矇矇亮的時候獨個兒跑步到河堤，對著剛剛升起的旭日練唱。很熱血吧？這次參賽，我都堅持這個習慣。」

過去一個月，兩人不時有獨處的機會，她是他最努力的學員，總是留下來練唱，直到錄音室關門才肯走。

今晚，她想和他分享這片夜景，就帶了他上來。

孫昊音忽然說出掃興的話：

「今晚節目播出之後，街上也許會有人認得妳。雖然妳化妝跟不化妝的差異好大，但有些事始終要避忌。我倆孤男寡女在飯店見面，如果有記者拍到妳跟我的照片，一個不好大造文章，妳就會GAME OVER。」

「GAME OVER」的意思就是喪失參賽資格。人言可畏，孫昊音在初賽包庇她這件事，已經成為茶餘飯後的熱話。再加上他是比賽的評審，就萬萬不可和她有越界的親密接觸。

COOKIE卻有聽沒懂的，滿臉淘氣地看著他。

「所以，我們要發展地下情嗎？」

孫昊音忍不住捏了她的臉皮一下。

「甚麼地下情！妳別自作多情！」

COOKIE依然嬉皮笑臉，撒嬌撒痴地說：

「那麼，你可以當我的『地下枕頭』嗎？」

「地下枕頭？甚麼東西？」

「地下，見不得光的意思。枕頭，就是寂寞時最需要的東西，也是讓我抱緊陪我作夢的最佳伴侶。」

她這麼說，就是要他陪伴追夢的意思。

「嘿。地下枕頭嘛，眞佩服妳想得出來……」

孫昊音一笑置之，但他似乎覺得她的比喻很有趣。

雖然他和她保持純潔的關係，這樣的關係始終不能曝光，只要一男一女深夜在飯店見面，恐怕誰都會認定兩人已經飽嘗禁果。但，哪怕世人投來異樣的目光，她也要瞎掰一大堆藉口，來增加和他見面的時間。

繁囂城中，天台上方只有數顆可見的星星，但星星卻閃出熠熠的亮光。

淡淡暖暖的燈光在牆上映出兩人的影子。

COOKIE牽著孫昊音到石壆上坐下，拿出外套裡的卡帶式隨身聽。當她第一次拿出這台機器，他嚇得乾瞪著眼，囁嚅問她是否僞裝成少女的古人。接著他借走隨身聽，自顧自把玩，咔咔亂按一通，一副樂在其中的模樣。

這種卡帶的音質很差，偶有沙沙的雜音，卻有種說不出的韻味。這就是朦朧美吧！正如有些男生買智慧型手機，也會故意選擇低清的前置鏡頭，這樣才能隱瞞自己不帥的眞相。

現在，卡帶匣裡放了關淑怡的專輯。

他的右耳和她的左耳，連著一條耳機線。

按下卡帶隨身聽的PLAY鍵，從A面到B面，翻面的不只是音樂，還有滿滿的青春回憶。

COOKIE有所感慨。

「我很感傷。」

「爲甚麼？」

「如果人生像錄音帶多好啊！可以重播，又可以洗掉重錄。可是我的人生，就是無法重來。」

「人生無法重來，正如愛情也無法重來。正因如此，我們要更加珍惜當下的一刻，疼惜現在的自己，更加燦爛地活著。」

「像我這樣的人，還會有好男人願意娶嗎？」

「不要鄙視自己的過去，因爲有了那樣的過去，才有了這樣的妳。不管過去多麼黑暗，只要妳能證明自己，讓人看得見妳的光亮，一定會有很多男人覺得妳很迷人。」

COOKIE雙眼亮了一亮，暗暗覺得感動。

今晚，見了孫昊音之後，她的心情愉快多了——否則她滿腦子都只會是HELENA佔有他的畫面。

有個問題，她一直都想問他：

「你爲甚麼要當塡詞人？」

「塡詞稱之爲塡詞，妳知道爲甚麼嗎？」

「塡詞？不是自古以來都這麼叫嗎？」

孫昊音微微一笑。

「對，自古以來——塡詞人是很古老的職業。我們現在流行曲的歌詞，跟宋朝那些宋詞，本質上都是同樣的東西。」

「宋詞？」

「就是〈滿江紅〉、〈虞美人〉、〈相見歡〉那些……這些都是詞牌。宋詞不是用唸的，而是該用唱的，就跟現代人的流行曲一樣。」

「唱出來？怎麼我沒聽過？」

「傻女即是傻女。宋朝有留聲機和錄音機嗎？經過一千年這麼久，原曲已經失傳了，只有文人填過的詞留傳至今。」

「哦！原來宋詞即是歌詞！」

COOKIE恍然大悟，自愧學校的中文課都白上了。

聲音已經消失，但文字留傳下來。

「妳看，宋朝的詞，現代人讀了都會有共鳴。我要當填詞人，就是要寫出經典的作品。我希望，千百年後，還有人記得我的名字！」

當男人說出豪言壯語，女人就要拍掌支持。哪怕是多麼不可能的夢想，男人也會畢生記住相信過他的女人。

COOKIE拍完掌，站在石壆上，右手握成想像中的麥克風。

「我也要成爲名垂千古的歌手！有華人的地方，就有我的歌聲！」

天台上的月光異常皎潔，一男一女不約而同發出傻笑。

——如果有這一天，你願意爲我的歌填詞嗎？

COOKIE把這番心聲藏在心裡。

與古時不同，自從愛迪生發明了留聲機之後，美妙的歌曲與歌聲亦可以留傳後世。

儘管現在的音樂全已轉成電子檔案，但COOKIE還是喜歡刻印聲音的儲存媒介，例如有形有物的磁帶，她的歌聲彷彿變成存在的實物。如果全人類滅亡，有一天外星人到訪地球，他們絕對無法開啟電子檔案，但他們也許可以讀取磁帶或唱片上的音軌。

一半是故意，一半是眞的很累，她輕輕枕在他的肩上。她繼續哼著歌，和他一同凝聽耳機的音樂。

終於我這一天
能在這樣星空下發現
迷戀你留在我身邊

她暗暗覺得，他很喜歡聽著她唱歌。

默默的，不多話，溫暖地聽著她唱歌。

這樣的時光不知能持續多久。

也許一旦比賽結束，就像灰姑娘身上的魔法失效，一切打回原形，她就會失去和他見面的理由。所以她很想一直贏下去，多一小時也好，爭取留在他身邊的機會。

她會一直唱歌，直到月亮和繁星不再發光……

09 完全因你

舞台的天幕掛滿銀色的閃星，垂吊著金色的巨月，眾星捧月的幻象倒映在鏡一般的舞台地面。

「星秀傳奇」是全球網上直播的選秀節目，冠軍可獲一百萬獎金，另加一份成爲簽約歌手的經紀人合同。

昔日在旺角行人區演唱的高齡艷婦、五音不全的半裸怪老頭、揮舞著假刀高歌「友情歲月」的小混混……千奇百怪的小市民報名參賽，但經過海選、初賽和複賽之後，留下來的二十四名歌手都有一定的實力。

舞台的投影背幕亮起，一張張劇照由左至右出現，如電影膠卷般綿延不絕。

「噢，我的回憶都回來了。各位現場觀眾，有沒有想起群星拱照的光輝歲月喔？以前，香港是華人社會最自由的地方，電視劇的主題曲傳家入巷，電影業更有東方好萊塢之稱，成就一首首膾炙人口的主題曲……」

女選手化妝間有懸掛式的電視機，掛在靠近牆頂的位置，電視正在直播外面的比賽實況。

COOKIE坐在燈泡全亮的化妝鏡前，一邊注視電視畫面，一邊喝著加冰的珍珠奶茶。

「姊姊，我可以問妳一些八卦嗎？」

隔壁的混血兒少女忽然說話。

她叫莎里娜，十八歲，有一頭亞麻色的長髮。布歐曾戲謔地說過自己是「蘿莉控」，尤其對外籍女郎情有獨鍾（明明莎里娜是在香港出生），所以一看見她的相貌就已經搶先收她當學員。莎里娜也沒令人失望，眞的很會唱歌，廣東話和英語都相當流利。

眾多入圍歌手之中，只有她和COOKIE未過二十歲，兩人也比較談得來。明明是COOKIE的眞實年齡比較小，但因爲COOKIE虛報自己是十九歲，莎里娜反而要叫她「姊姊」。

「甚麼八卦？」COOKIE隔了半晌才回應。

「HELENA和妳是不是有甚麼過節？」

「噯？妳……妳怎麼會這麼問？」

「剛剛她走過妳後面的時候，我偷偷瞄到她翻了翻白眼。」

翻白眼？COOKIE難以想像HELENA會有這樣的表情。女人的直覺如靈異能力般神奇，莎里娜旁觀者清，似乎看出了眉目。

「我也不知道呢。可能她在做護眼操吧？」

COOKIE邊說邊抬頭，佯裝在關注電視直播。

螢幕畫面裡，何仙姑正在和布歐搭話：

「布歐呀，說到九〇年代，你最記得哪部港產片？」

「我嗎？當然是《滿清十大酷刑》！哈哈，這部電影給我的『青春期』帶來極大震撼！」

「嗄？那不是一部A片嗎？你的品味真是獨特……而且青甚麼春期……」

眾多評審之中，最會說話的就是布歐，這節目主要靠他撐場。莎里娜向COOKIE講過布歐的壞話，說他有時會亂教一通，試過爲了練丹田發聲，就吩咐她穿露臍裝……

莎里娜有水汪汪的大眼睛，不用化眼妝已經很迷人，這一點令COOKIE羨慕得很。莎里娜快要出場，似乎有點緊張，有的沒的便閒聊起來：

「姊姊，妳今晚要唱甚麼歌？」

「彭羚的〈完全因你〉，《和平飯店》的主題曲。妳呢？」

「我要唱〈逼得太緊〉，《十分愛》的主題曲。姊姊，我看了上次的比賽，覺得妳的改變好大……妳可不可以教一教我祕訣？」

COOKIE本來想說「哪有甚麼祕訣」，但難得莎里娜誠心請教，這樣回答好像太過冷淡……COOKIE心念一動，便想起孫昊音考過她的問題。

「〈逼得太緊〉這首歌的塡詞人是林夕，妳知道林夕這個名有甚麼含義嗎？」

「林夕不就是個人名嗎？」

「太好了！之前有人恥笑我無知，原來不是只有我不知道……」

COOKIE想起孫昊音不屑的眼神，暗暗就覺得生氣。

莎里娜投來疑惑的目光，COOKIE爲了解釋，一手握住唇膏，一手抽出一張面紙，豎橫撇捺，由上而下在面紙上寫了一個字：

梦

「這是甚麼字？對不起，我中文不好……」

原來莎里娜看不懂簡體字。

「夢，夢想的夢，這是『夢』的簡體字。據說林夕先生就是看見這個字，覺得『林中夕陽』的意境好美，又很有意義，便用來當自己的筆名。」

COOKIE一臉嚮往地繼續說：

「舞台就是一個作夢的地方，眞正的天王巨星，都有本事用夢幻的歌聲來迷倒所有聽眾。

當妳一踏上舞台，妳要催眠自己——當我離開舞台的一刻，我要成爲一個傳奇。」

莎里娜點著頭合十拍掌。

「哦~這番話好勵志喔。我還以爲是因爲愛情的滋潤，妳才有這麼大的轉變，戀愛中的女人都會特別閃亮~」

這個傢伙……直覺眞的出奇準確。

COOKIE暗暗嘆了口氣，她的戀愛只不過是單戀。

說起來眞奇妙，她曾爲失戀而傷心欲絕，覺得天翻地覆世界末日，現在竟然覺得和阿粥分手未嘗不是好事……紅豆打電話來祝賀她過關的時候，也察覺到她的心事，問她怎麼老是提起孫昊音……

COOKIE滿腦子胡思亂想，想去上一趟廁所，當她離開化妝間的門口，不長眼睛轉身，就一頭栽進一個有肌膚感的胸膛。

「對不起……」

她退一步道歉，那男人掛著惡作劇般的笑容。

「我已習慣女人對我投懷送抱，妳不必不好意思。」

眼前的男人穿著炫酷浮誇的皮革外套，薄施脂粉的臉蛋，再加上仿韓星的造型，展露出花花公子般傲邪的笑容。他是倪剛，曾在台上說過「我家裡養過熊貓」而爆紅的參賽歌手。

COOKIE正想避開他，他卻從後面叫住了她。

「喂！妳要不要和我合作？」

「合作？」

聽到這種怪話，COOKIE難免感到困惑。但倪剛不容她拒絕，就將她牽到一旁說話。

「相信妳也知道，HELENA現在是奪冠大熱門。在眾多女歌手之中，我覺得妳最有可能打敗她。」

「你跟她不是同門的師兄妹嗎？」

COOKIE清楚記得，倪剛和HELENA都是歌神的學員。

「師兄妹？嘿，這是比賽，勝利者只有一個。這個比賽亦有別於其他歌唱比賽，只有掌握規則的歌手，才能獲得最後的勝利。」

剛剛在化妝間，她聽過倪剛演唱〈追〉——電影《金枝玉葉》的主題曲。倪剛的歌聲獲得評審們一致讚好，白玟和何仙姑更邊聽邊露出陶醉的表情。

對於倪剛的合作提議……COOKIE緘默以對。

恰巧在這時候，壁上的電視螢幕出現HELENA演唱的畫面。她很聰明，選唱〈天若有情〉

這首電影金曲。此片講述黑道賽車手和千金小姐之間的苦戀，正好和HELENA的氣質相符。她今晚的打扮比較樸素，清純的白色長裙搭配淺灰色的格紋小西裝外套，低調而不失高雅。

淒婉的曲調在HELENA全新演繹之下，有了多層次的變化，更展現嶄新的歌唱技巧，那種特殊的轉滑式尾音令人回味無窮。

藍色的燈光在她身上流轉，女神般的美貌楚楚動人，今晚又不知迷倒多少男聽眾。

「眞完美的演出。呸，她就不會犯錯嗎？」

倪剛隨口嘀咕的評語也是COOKIE的心聲。

COOKIE很想勝過HELENA。

但她在好勝的同時，卻有股自卑感揮之不去。

假想敵？情敵？

一個幾乎擁有一切的女人，爲甚麼還要來摧毀她的小小夢想？

COOKIE感到既嫉妒又氣忿。

後台的燈光亮晃晃的，卻照不到她內心的暗角。

□

〈下一站天后〉、〈哪一天我們會飛〉、〈無間道〉、〈天若有情〉、〈甜蜜蜜〉、〈狂舞吧〉、〈春光乍洩〉……眾多主題曲和電影片段連番觸動觀眾的心弦，終於輪到COOKIE登台，她是倒數第二名出場的歌手。

場內奏起輕柔的慢曲。

COOKIE的嗓聲響遍全場。

從前的我　迷途失望
而人海裡面困惑　只感到恐慌

「和平飯店」的劇情梗概，COOKIE不太記得，但電影的主題曲一直縈繞在她的心頭。她會選這首歌，獻唱的對象就是他，那個在評審席上的男人。

完全因你　重燃希望
無窮黑暗內　擦亮了心裡燭光

她盡力演唱，弱音竊竊如私語，高音硬實響遏行雲。

一曲既罷，掌聲從四面響起。

這次COOKIE沒有失準，也唱出了感情，但她卻有種力不從心的感覺——就像差一點才飛得起來的感覺。

布歐和嚴老師不吝給她好評，但孫昊音居然一言不發，只對掛著的麥克風發出悶吭一聲。

——他一定是不滿意。

COOKIE回到化妝間，下意識瞟向自己的化妝桌。桌上的珍珠奶茶早就被她喝光了，裡面的冰塊已融化成水……她將紙杯扔進垃圾桶之際，回想自己剛剛的表現，覺得自己的聲帶像一條緊綳綳的橡皮筋。

腦裡忽然靈光一閃。

「我不應該喝冷飲的！」

COOKIE想起了莎里娜的話——HELENA就是瞧見桌上的冷飲，認爲她欠缺歌手的自覺，所以才翻白眼吧！

「看來妳發現了。這裡只有妳在比賽前喝冷飲。這是大忌啊！」

倪剛？

COOKIE回頭看著化妝間的門口，他居然倚著門框擺出裝酷的姿勢。這裡可是女化妝間啊！整間房只有她一個女生，他竟然肆無忌憚闖進來。

「今天上午彩排的時候，我就發現妳努力過頭了。唱歌是很劇烈的喉部運動，肌肉會疲勞，聲帶會紅腫。對歌手來說，保護嗓子是最重要的！」

「唔，謝謝你的提醒。」

COOKIE不得不承認，自己眞的經驗不足，又常常粗心大意。台上一分鐘，台下十年功，如果要追求最完美的表現，台下的每個細節都要做足。

化妝鏡照著倪剛的一舉一動，COOKIE沒想到他竟然走近，輕佻地張嘴湊近自己的耳垂。

「考慮得怎樣？要和我合作嗎？我有必勝的把握。」

他到底有甚麼意圖？COOKIE面對他的目光，不再退縮。

「怎麼合作？我們一人揍她一拳嗎？而且，我們不是競爭對手嗎？不用靠你的幫忙，我靠自己也能勝過她。」

倪剛笑而不語。

就在此時，後台發出廣播，通知所有參賽歌手到預備區集合。

COOKIE和倪剛依照當晚的出場次序湊進二十四名歌手的隊列，分成男女兩排，相隔三步走向掛滿銀星的舞台。香港小姐的候選佳麗也是這樣登台吧？COOKIE忽然冒出這樣的想法。

舞台射燈照射下，她面對滿場觀眾，聽著主持人說話：「今晚我們重聽電影金曲，都有重溫舊夢的感覺……我愛港產片！港產片真棒！感謝歌手今晚傾力的演出，可是比賽終歸是比賽，只有十六位歌手可以過關……」

COOKIE偷瞄HELENA一眼，目光也掃到了倪剛，他雙手插口袋，擺出胸有成竹的模樣。

「六位專業評審已給各位選手打了分數，等一下公布的結果會分成男子組和女子組。今晚的排名相當重要，下一場比賽的主題是『男女合唱』，排名愈高的選手，就會有優先權選擇合唱搭檔……」

當主持人提到「男女合唱」，COOKIE愕然盯著倪剛。

「好！登登登登……請大家看結果！」

台上歌手紛紛回頭，只見巨牆般的寬螢幕映出聲光特效，接著呈現十六名歌手的頭像和各自的分數，沒出現的歌手即是已被淘汰。

左側是男歌手，第一名是倪剛。

右側是女歌手，HELENA以壓倒性的高分拔得頭籌。

COOKIE眨了眨眼，才找到自己的名字——綜合男女歌手的總分，她排行第六名。至於她鼓勵過的莎里娜，成績還比她好，排在第四名的位子。

……果然如此。

雖然COOKIE順利晉級，但這次輸給了「情敵」，心裡總不是味兒。

「HELENA，妳的總分比倪剛高出一分，所以妳是今晚的終極贏家！妳有權選擇自己下回合的搭檔。請問妳要選誰呢？」

HELENA正眼不瞄任何人一眼，從容不迫地說：

「我想和阿濤合唱。」

阿濤是男子組排名第二的男歌手，這個選擇頗爲出人意表，因爲人人都覺得只要她和倪剛聯手，幾乎就是必勝的組合。

「然後輪到今晚的最佳男歌手——倪剛，你要選哪位女歌手呢？」

倪剛又露出那種傲邪的笑容。

「她。」

他伸手指著COOKIE——人人都感到錯愕，他的選擇比HELENA更加出人意表。

下一週的比賽，將會風起雲湧……

紅紅郵筒

紅紅郵筒　突然收到妳的信
原來紙箋也懂說話
用情握起　*LOVE* 的螢光筆
緩緩圈出　愛．的．字．句

10 愁人節

眼前是輪轉不息的一盤盤壽司。

「昨晚的演出，妳是不是偷學HELENA的唱法？」

孫昊音最喜歡趁著COOKIE鬆懈的一刻，向她提出尖銳的問題。

「呃……她拿了第一名，網上投票又大受歡迎，她能做到的，我也想試一試……你不是也很欣賞她嗎？」

COOKIE賭氣地說，化悲憤為力量，她手邊疊起的盤子比他多出兩倍……快變成三倍了。

「妳就是妳，妳有妳的風格，不必模仿別人。而且……今天到底是怎麼回事？」

孫昊音這問題是明知故問，周遭都坐滿了一雙一對的情侶，每個人的雙眼彷彿都笑得像心心的形狀，店裡亦飄揚著玫瑰的香氣。昨晚的二十四強會戰弄得他好累（節目監製要求他多講狠話踐踏參賽者），COOKIE約他下午出來吃飯，兌現過關的請客獎勵，他沒想太多，一下不為意就答應了……今天是情人節。

怎麼情侶都這麼早起吃午餐……

有情不是喝水就會飽嗎……

孫昊音在心裡呢喃。還好情人眼裡只有情人，暫時無人認出素顏的COOKIE。他和她在情人節一男一女同桌用餐，要是惹出了緋聞，眞是跳到漂白水裡也洗不白了。

「好美味啊！可以活著實在太好了！」

看著COOKIE驚人的食量，孫昊音眞的被她嚇倒。

「妳是由餓鬼界投胎過來的麼……」

「你哪裡懂我有多可憐！我平時都是粗茶淡飯，週末出來打工，我爲了省錢，只吃快餐或快過期的特價便當。今天吃迴轉壽司，已是我這半年以來吃過最好的美食～謝謝你請客嘍！」

是嗎……孫昊音不敢告訴她，他平時都吃慣高級的日本料理，這種用機器壓出來的壽司，他其實很勉強才能吞得下嚥。

這一頓飯他都吃得提心吊膽，很擔心會有熟人認出COOKIE。她一再強調，宿舍不會播「沒教育意義」的綜藝節目，全宿舍只有少數學生可以回到市區過週末。話雖如此，世事難免會有意外……那個倪剛對COOKIE說過的話，孫昊音也非常在意。

孫昊音突然留意到COOKIE的異常，本來興高采烈的表情，刹那像塗上一層樹脂般僵硬。

「妳吃壞了肚子嗎……」

孫昊音吞回這句話。

因爲他順著她的目光望向對面，隔著迴轉輸送帶的對席，來了旺角風時髦打扮的一男一女。男的染髮戴耳環，他正用訝異的目光看過來，從這一眼透露的暗示，孫昊音猜測此人認識COOKIE。

COOKIE垂著頭一言不發。

阿粥。她的前男友。

孫昊音估算一下對席男人的年紀，再瞥見他雙臂上滿滿的紋身，腦裡便有了這個結論。情人節，如果單身碰見舊情人，還眞是生不如死的悲劇……孫昊音忽然大發慈悲，決定要幫COOKIE贏回顏面。

「哎喲，我的寶貝ＢＢ，吃完午餐後，我們要去哪裡兜風好呢？ＢＢ，妳想坐我的跑車，還是我叫司機開車來接送？」

COOKIE歪過頭來，糊裡糊塗一臉懵然。

孫昊音輕撥她的頭髮，還露出帥氣十足的微笑。

「下週末要去巴黎看日落嗎？妳知道甚麼是巴黎鐵塔反轉再反轉嗎？妳看，我已經將頭等機票加進了購物車，只等妳現在SAY YES，我就CHECK OUT。」

一不做，二不休，孫昊音伸掌疊住了她的手背。

COOKIE終於會意過來，配合他演對手戲，講出「親愛的甜心達令ＢＢ」、「我想看你的笑容一輩子，可以嗎？」、「如果今晚嗅不到你的體味，我一定會失眠」……諸般肉麻得令旁人發冷的對白。

如此卿卿我我了一會，孫昊音覺得演不下去，便叫侍應過來結帳。

就在眾目睽睽之下，兩人拿起桌底的東西，手牽手離開了壽司店，店外是熙來攘往的商場走道。

孫昊音手上的東西，是一大束藍紫色的花。滿天星和薰衣草的中間，綁著一個叫「大口怪」的毛公仔。今天一見面，COOKIE就送上這樣的禮物，孫昊音不疑有詐，這時候才想到看在旁人眼裡，只會覺得是他在幫女友拿著情人節的花束。

在商場裡，孫昊音才走了幾步，就甩開了COOKIE的手。COOKIE鼓起臉，竟然像小精靈般黏上前，摟住了他的臂彎。

「妳幹嘛？我說過我倆要保持距離，妳到底有沒有聽進耳裡？」

「別這麼小氣嘛！明明是你先牽起我的手……」

「剛剛妳是不是碰見了ＥＸ？」

COOKIE點了點頭，眼裡閃著喜悅的光芒，剛才的陰霾已一掃而空。

「我是為了幫妳爭回一口氣，所以才這麼做，妳千萬別會錯意。有我這種高素質的男人做伴，妳簡直比女皇更威風，叫妳的EX自卑到吐血。」

「謝謝你！那個賤男人一定氣死了！嘻，欠了你這麼大的人情，如果你要我以身相許……我願意的！」

人狼看見圓月就會變身，女人到了情人節就會變成花痴嗎？孫昊音冷眼盯著她，擺出撲克臉說：

「妳再過一關，就會進入八強。獎金不是妳的目標嗎？難道妳想放棄嗎？現在我們算是共犯的關係……就算妳不怕喪失資格，我也不想身敗名裂。」

按照孫昊音和她商量好的計畫，COOKIE進入八強就會裝病，故意輸掉比賽……只要不引起傳媒關注，她就可以將三萬元的獎金袋袋平安。

「那麼……是不是我放棄比賽，我們就可以做情侶？」

「妳這樣做，我會很失望的。」

「喔……我也只是說說。」

COOKIE不時會講出傻話，他通常也不會當真。

到處都是如膠似漆的愛侶，還有忘了訂位而男方跪地求饒的怨侶……孫昊音最討厭逛街，人多嘈雜總是令他受不了，這種病好像叫作「香港特色人群恐懼症」。

「我今天有空，可以陪妳搭車。」

孫昊音這麼說，已經是對她最大的溫柔。

她說過，宿舍位於離島，所以要到中環坐船。週五下午出來，週日下午就要回去報到。

兩人搭乘過海巴士。

巴士上，COOKIE又拿出卡帶式隨身聽，和孫昊音各戴一邊耳機。迎合卡帶捲軸播放的舊歌，巴士駛進了年事已高的紅隧，就像駛進了時光隧道裡面。

「你可以陪我去寄信嗎？」

適逢情人節，COOKIE依依不捨纏著他，似乎很想他多陪一會。下車後，孫昊音有種她在故意繞路的感覺，但他不拆穿這件事，只是隨著她的腳步往東往西。

她要去的地方是皇后像廣場。

有個街頭藝人在演唱，爆炸頭文藝青年，演唱的曲目是謝安琪的〈愁人節〉……怨曲如魔音般刺耳，歌詞控訴情人節的不是。孫昊音暗暗覺得好笑，給打賞箱投了一張鈔票。

「就是那裡！」COOKIE大喊。

孫昊音朝她指著的方向望去，馬路旁有一個綠色的郵筒——郵筒外形相當特別，並非常見的方形，而是較大的橢圓形，就像巨大的皇冠，而且有兩個投信口。

「真懷念啊！在我小時候，郵筒都是紅色的。這個郵筒……我沒記錯的話，好像是叫『皇冠郵筒』。這種雙筒相連的款式，應該是全港獨一無二。」

COOKIE一臉驚奇地摸了摸郵筒。

「是嗎？我不曉得呢……我只是有次偶然經過，覺得這個郵筒很特別，覺得搞不好有令人許願成真的魔力……還真靈呢，我的參賽表格，就是用這郵筒寄出的！」

傻人真是特別迷信呢……

孫昊音瞧著她拿出信來，信封面的收件人不是某某，而是他的全名。

「妳要寄信給我？我就站在妳旁邊啊！」

COOKIE笑咪咪的。

「用寄的比較有意思嘛！這樣的話，你也會有所期待吧？」

這樣的理由也算說得過去。

孫昊音看著郵筒吞掉她的信，想像它昔日紅色的樣子。

經過一段紙海浮沉的旅程，在某個春風醉意的下午，這封信就會來到他的手裡。

〈肥肥胖胖〉

肥肥胖胖
笨笨但求你相伴

不禁肚子
咕　嚕　打　鼓

想共你吃
LOVE的芝麻糊
兩個嘴巴
同・味・分・甘

週二的寂夜，孫昊音坐在辦公室的靠背椅上，再三重讀COOKIE寫給他的「情書」。

這就是當天她投進「皇冠郵筒」的信。她用了上次那種亂來的疊字格式，寫了〈肥肥胖胖〉這闋「詞」，還瞎掰說這是她獨創的「曲奇詞體」。

信裡提及，她送他「大口怪」的毛公仔，就是想他多添傻氣。這個毛公仔她曾經抱過幾晚，假如他想感受她的氣息，也可以抱著毛公仔睡覺，但千萬別踢它下床。

「這年紀的女生都愛自作多情嗎？」

孫昊音覺得好笑，對著空氣自言自語。

COOKIE的眞名是「馮曲琦」。

當她第一次說出這名字，他忍不住揶揄：「眞像夜總會小姐的名字……妳爸爸跟妳有甚麼過節嗎……」

到底有多久了？孫昊音很久沒收過親筆信，COOKIE的信帶來手心的溫暖，寫上「THANKS POSTMAN」的小習慣亦令他會心一笑。

不過——

除了COOKIE的信，今天還收到一封特別的匿名信。

這封信是寄到他工作室這裡的地址，只要懂得在網上搜尋，要查出這個地址並非難事。

匿名信除了電腦印字的信封，裡面只有一張照片。

就只有一張照片……

那張照片仍在桌面。

今晚，孫昊音遲遲不歸家，就是爲這件事心緒不寧。

桌上鋪滿一張張藍色格線的原稿紙，砌成一片帶字的紙海。紙海掀起了微波，鈴聲的音量漸漸增強，孫昊音由沉思中回過神來，伸手在亂疊的稿紙中撈起了手機。

看螢幕，陌生的來電號碼。

「喂？」

「BONSOIR！」

孫昊音聽到這聲問候，瞬即鬆了口氣。

「妳幹嘛講法語？」

「嘻，你聽得懂啊？你不是說要跟我去巴黎嗎？還是說，你只是個欺騙無知少女的愛情騙子？」

孫昊音沒好氣，不跟她胡鬧，忽然想起一事，便問：

「妳不是說宿舍禁用手機嗎？」

「不是禁用，是根本收不到訊號……我告訴你一個祕密，我是偷偷溜進教員室打給你的……我現在就蹲在大桌子底下，像一隻小老鼠。」

孫昊音半晌無言。難怪她講話的聲音怪怪的。

「眞是的……妳是不是有犯罪傾向？」

「不是啊……我是忽然想你啊！」

沒想到她說得這麼直接，雖然孫昊音數落了她數句，心裡畢竟有幾分高興。但他不會告訴她，他剛好也在想她的事。

COOKIE忽然講出惹他生氣的話：

「光是聽你的聲音，眞的聽不出你是個帥哥哩……」

「對啊，我沒有天生的好嗓子，所以我是當不了歌手的咯。」

孫昊音腦筋一轉，隨即反唇相譏：

「說起來，當初聽妳的聲音，我還以爲是個美人兒，殊不知……」

「衰人！你講話怎麼這麼賤！」

嘿、嘿——孫昊音佯笑了兩聲。

有溫度的聲音隔著微熱的螢幕傳來：

「說起來，你眞是超級好心大好人！你當天只是因爲一通電話，就去屯門碼頭救我，當時你沒見過我的外表，所以一定不是因爲我的美色……」

「妳別誤會，我當晚去屯門碼頭，不是因爲好心。」

「那是爲了甚麼？」

「我想去看別人跳海。結果妳也沒令我失望。」

「衰人！」

孫昊音就是有這樣的本領，每次聊電話都會惹得女人想掛線，但心軟的女人就是依戀不捨。

又聊了一會，孫昊音想表達對她的關心，但又不好意思明言，便使出繞圈子的說話技巧。

「乍暖還寒——妳知道是甚麼意思嗎？」

「嗄？呃……乍暖還寒，即是剛剛變暖，但很快又會變冷……對嗎？」

「知道就好。明天記得多添衣。」

電話的另一端緘默了一會。孫昊音有點後悔，自知不該給她痴心的憧憬，但他今晚就是脫序失控了。

「好感動啊……從來沒男人這麼關心過我，你比天氣先生更可靠哩！」

「沒別的事了麼？好了，晚安。」

「晚安……」

她還不掛線。他也不狠心先掛斷。

「你想聽我唱歌嗎？」

眞是的……

「一首就夠了。」

孫昊音對於酒精和感情，都是淺嘗即止。

耳際傳來了清唱的歌聲。

她唱了一首童謠——用了他聽不懂的法語，他才想起越南曾經是法國的殖民地。

魂牽夢縈的晚上，窗外是朦朧的夜景，唯有美妙的歌聲裊繞，在他心中孤寂的內海掀起了漣漪。

「不好了……我要回去了。BONSOIR——」

最後是她匆匆掛線，不知會不會東窗事發。

東窗事發……

孫昊音的目光又回到桌面。

那張隨匿名信寄來的照片……

照片裡的男女是他和COOKIE，場地是她投宿的飯店，恰好拍下他和她「倉皇」離開房間的情景。那個晚上他送外賣過去，以爲沒離開飯店就不會出事，沒想到會惹上這樣的麻煩。

誰是偷拍者？

有甚麼目的？

孫昊音煩惱了很久，也是毫無頭緒。

這週末的比賽只好聽天由命了——

11 愛的故事（上集）

六位評審向舞台橫排列席。

十六名歌手分成八組，輪流上台合唱一曲。

人人開開心心説説故事

星的光　點點灑於午夜

倪剛用溫和嘹亮的嗓音登場，踱步走向站在藍色光圈裡的COOKIE。他和她今天穿著白色的「潮牌」T恤，還有小喇叭牛仔褲，湊成「情侶裝」的組合。

由這一週開始，比賽橫跨星期六、日連續兩天進行。星期六是爭奪特權的「排名戰」，歌手按照排名順序，來選擇明晚淘汰戰的PK對手。

賽前，節目監製親自向眾歌手做了簡報，特別強調：

「今晚的優勝男女組合，將會有特權決定淘汰賽的曲種主題。」

雖然COOKIE不太喜歡倪剛，但勝出排名賽將會帶來巨大的優勢，所以她都一直乖乖服從倪剛，配合他的諸多要求來合唱。

偏偏痴心小子只知道上集
祈求下集是個可愛夢兒

清脆的女聲如雪枝上的新芽，融入了冬日的陽光。

當倪剛提議唱〈愛的故事上集〉，COOKIE很爽快就答應了。

以前在爸爸的酒吧，她也和客人唱過這首歌。當時她懵裡懵懂搜尋下集，很後悔知道了結局，因爲很多愛情都不會結果。

台上，她情深款款地凝望著倪剛，亮晶晶的眼妝與水汪汪的明眸相互輝映。

——她心裡想像的對象是孫昊音。

愛情故事往往是上集最美好，下集卻是令人難過。

知不知每晚想你十次百次

每晚也去等　因我極心痴

到了合唱部分，男聲女聲萬縷痴情，如琴瑟和鳴的合奏，訴說欲語還休的暗戀情懷。

唱歌，最高的境界就是動情。

由朝夕練唱的那個月開始，每個晚上當她靠近窗邊發呆，腦中竟然都是孫昊音的影子。她早就知道自己對他有意思，無奈兩人的身分似乎不匹配，所以只好藏著這樣的心思。

——歌詞完全切合她的心境。

COOKIE抒發這份心情獻唱，誰都感受到當中的深情。平時，她的歌聲充滿爆發力，但今晚卻溢滿柔情密意，既輕飄飄又甜絲絲的，全場觀眾都聽得滿面春風。

一曲終了，倪剛未經COOKIE的同意，就摟住了她的纖腰。

——要不是爲了比賽，她早就摑他一巴掌了。

合唱的表現好評如潮，評審和觀眾興奮得起立鼓掌。

這對臨時搭檔一離開舞台，倪剛就得意洋洋地說：「我們贏定了！」

COOKIE的態度比較審慎，只是平靜地說：「剛剛莎里娜那組也唱得不錯喔。其實我覺得HELENA唱得很棒，可惜她的搭檔跟不上。」

面對倪剛的時候，她都會繞著臂，這是保護自己的身體語言。

「我肯定我們會贏！SURE WIN！剛剛歌神覺得很好聽，又甩頭又抖肩，妳有沒有看見咧？這是他給予最高讚美的動作。」

沒想到倪剛會注意這種細節……COOKIE和他練過歌之後，就知道他是不容小覷的強敵。怎麼說好呢？他一點也不像平民出身的素人歌手，熟悉舞台方面的表演技巧。也許，他可能接受過專業訓練，但COOKIE不想惹上他，所以也沒有主動探話。

節目爲了營造緊繃的氣氛，只准歌手在週六當日上午結伴排練，在此之前歌手都只能透過導師交換意見。

換句話說，COOKIE直到今天早上，才有僅僅四個小時和倪剛排練合唱。排練期間，兩人沒擦出火花，直到剛剛上台，COOKIE才傾注感情，演出頓時令人眼前一亮，連倪剛也驚歎不已。

「妳這傢伙眞是令我意想不到……我就知道，HELENA心高氣傲，和她合作一定不會有好結果。哼，剛剛妳這麼深情看著我，害我都心動了。怎樣？今晚要不要來我的房間？」

「別碰我。我怕你有愛滋病。」

COOKIE退開了一步。不知甚麼原因，倪剛同樣住在電視台安排的飯店。她眞的怕他自戀成狂，將她當成隨便可以玩玩的女人。

由於倪剛和COOKIE是最後一組壓軸出場，表演完畢之後，也不用回去休息室，就這樣待在後台準備區，等著其他歌手過來集合。

「哈，剛剛HELENA和阿濤吵架的片段，實在太好笑了！」

這個倪剛好多話啊！COOKIE懶得回應。

因應節目要求，選手排練的過程都被攝錄下來，剪輯好的片段已在今晚的節目中播出。

HELENA和阿濤合唱JUNO與謝安琪的〈廢話〉，這是一首難度近乎「噩夢級」的神曲。排練期間，阿濤屢屢出錯，由於HELENA要求極高，阿濤曾因受不了而大發脾氣……兩人能上台唱畢整首歌，已經很不可思議。

其他歌手陸續到場，各自戴著收音的迷你麥克風。

莎里娜湊過來，直話直說：

「姊姊，妳今晚的演出好棒！」

COOKIE微微一笑，也對她說悄悄話：「妳今晚唱的〈愛一個人〉，是我聽過最好的翻唱版本！」

即使是競爭對手，COOKIE有信心和莎里娜做得成朋友，真正互相鼓勵的好朋友。兩人也交換了電話號碼，約定在比賽之後保持聯絡。

COOKIE和HELENA對上了目光。

那一瞬間，她感受到這個女人的敵意。

——袁人，你和HELENA是認識的嗎？

COOKIE想起昨晚對孫昊音的問話，她憋了這麼久，才鼓起勇氣開口。

——她是我青梅竹馬的朋友，我們兩家人是世交。

COOKIE很在意HELENA在複賽時唱的歌……〈睡公主〉的歌詞蘊含的深意，那個袁人到底有沒有察覺呢？還是他一直都在裝蒜？

當COOKIE遐想之際，前面的倪剛已走遠了。他回頭，向她發出「喂」的一聲，她就加快腳步走向前面，一過簾幕就踏進了眾所矚目的大舞台。

現場氣氛非常熾熱，觀眾都對賽果引頸翹望。

主持人來到了舞台中央。

直到這一刻，COOKIE還不知道自己即將被出賣。

□

「關關雎鳩，在河之洲。窈窕淑女，君子好逑……中國最古老的詩是情詩，最古老的歌也一定是情歌。明明都已表白了心跡，爲甚麼還得不到女神的青睞？那可能是你不會唱情歌……到『香蕉紅』全線分店點一支合唱歌，打卡將影片上傳，就可以獲贈情侶冰淇淋一客……」

主持人講完開場白，就直指向舞台後方。

曲面大螢幕顯示當晚的賽果。

霎時，閃爍的光芒照得COOKIE睜不開眼，就在她看清楚螢幕之際，耳邊已傳來主持人帶迴音的喊聲：「恭喜倪剛和COOKIE！」

如倪剛所料，她倆奪得排名戰的冠軍。

主持人匆匆講完客套話，隨即就看過來問：「倪剛，COOKIE，你們誰要先選明天淘汰賽的對手？」

倪剛向COOKIE伸出手，笑著說：「女士優先。」

COOKIE望向舞台另一端的男胖子——自他參賽至今，人人都叫他「冬瓜」。十六強選手之中，他的實力算是下游，COOKIE對著他有十拿九穩的勝算。

「冬瓜大哥，請你多多指教。」

COOKIE當眾宣布之後，心中泛起了一絲失落感……她曾有剎那的衝動，要選HELENA當ＰＫ戰的對手，但還是摒棄了這樣的念頭。只要過了這一回合的ＰＫ戰，她就會獲得一筆獎金，按照和孫昊音的約定，到時就要棄權，錯過和HELENA分出高下的機會。

倪剛亦利用奪魁的優先選擇權，挑了實力較弱的ＰＫ戰對手——網名叫「舞若久」的網紅女歌手。

「我可以選自己的合唱搭檔當對手嗎？」

HELENA語出驚人，轟動全場，而她旁邊的阿濤氣鼓鼓地站著。明耳人也聽得出她是受到連累才敗陣，在一對一的ＰＫ戰，阿濤取勝的機會渺茫得好像滄海裡的塑膠粒。

……嘿，我會令她後悔的。

倪剛說話很小聲，但COOKIE還是聽見了。

大螢幕上顯示明晚ＰＫ戰的對決組合，輸了的歌手將會立刻被淘汰，隔週只會剩下最後八強的歌手。

節目到了尾聲，結束前，優勝組合要決定明晚淘汰賽的曲種。當主持人示意，COOKIE就跟著倪剛站出來。

「好了，夫唱婦隨，就由倪剛來決定吧！COOKIE，妳有異議嗎？」

賽前，倪剛已和COOKIE有了協議，假如兩人勝出，淘汰賽就以「失戀時會唱的歌」作爲選曲限制。話說回來，這個「星秀傳奇」好像鬥智遊戲一樣，百般刁難參賽歌手。不過，只要收視率夠高，就是證明觀眾愛看勾心鬥角的鬧劇。

失戀歌嘛……COOKIE對這題目很有把握。

「搖滾——明天大家要選唱的歌，我規定一定要出自搖滾樂團的專輯。」

倪剛一說完，COOKIE立刻感受到其他女歌手炙熱的目光——眾所周知，「搖滾」是對女參賽者相當不利的曲種，可選的曲目亦甚爲有限。

——倪剛你這個混蛋！

她有種被出賣的感覺。

節目就這樣結束了。

「明晚，星期日，就是成王敗寇的ＰＫ戰，請各位觀眾拭目以待！明晚再會！」

主持人說完這句話，節目就散場了。

COOKIE還沒離開舞台，已向著倪剛大罵：

「騙子、騙子！你這個騙子！」

當然，在罵他之前，她確認麥克風已關掉了。

倪剛卻厚顏無恥地回答：「是妳答應給我發言權的，我忽然改變主意，難道不行嗎？總之，我們的夥伴關係到此為止……我說錯了，不是夥伴，我由始至終都只把妳當成一日型隱形眼鏡。」

「一日型隱形眼鏡？」

「就是用完即棄的東西。嘿、嘿！」

倪剛本來想用另一件東西來比喻，那件東西的英文字首也是「CON」，但他擔心會惹上「性騷擾」的嫌疑，才改口說成「隱形眼鏡（CONTACT LENS）」。

COOKIE最討厭言而無信的男人。

「我鄙視你！」

倪剛只是聳了聳肩，便轉身背著她，邁步走向後台。

莎里娜一直站在COOKIE身後，聽見了剛剛的對話。她也看清楚了倪剛的真面目，便過來安慰COOKIE：「對付這種爛男人的方法，就是將他淘汰！姊姊，妳好好收拾心情，全心全意準備明天的比賽。」

COOKIE感激地看著莎里娜，心裡接納她的勸告——不足二十四小時的時限之內，歌手就要準備出戰歌，既要練唱又要彩排，壓力大得令人窒息……想出這種賽制的策劃人心理變態，一定很期待看見歌手崩潰的畫面。

「COOKIE！」

舞台下，有人在喊COOKIE。

她是個戴著鴨舌帽的女生。

紅豆？

COOKIE這才想起，這一晚她給了紅豆門票，所以紅豆應該跟男友來捧場了。雖然疲憊感開始襲來，COOKIE還是滿心雀躍，走向舞台邊緣，去找紅豆聊天。但是……愈接近她，愈感到不對勁。

紅豆面色有異，誠惶誠恐的樣子。

「我有急事找妳！大事不妙！」

COOKIE面色一沉。

「甚麼事？」

紅豆拿出手機，讓COOKIE看一則短訊。當COOKIE瞧見發訊人的名字，一顆心已涼了半截，到她看完整條短訊，整張臉彷彿失去血色一般。

「盧姑娘現在要見妳……對不起，我不小心說溜嘴，她逼問我的手段太厲害了……妳甚麼時候可以離開？我帶妳過去……」

就在快要抓到夢想的瞬間，竟然出了這樣的亂子。

最擔心的事始終要發生……

COOKIE仰望逐漸熄滅的燈光，只感到萬念俱灰。

12 TODAY

孫昊音在節目結束之後，才方便使用手機。當他看見COOKIE傳來的短訊，心臟漏跳了好幾秒。

舍監發現了我參賽的事。
最壞的情況是退出比賽。
如果我沒出現，明天請你幫我棄權。

由於她的手機是老爺手機，無法安裝任何ＡＰＰ，所以發來一則傳統的純文字短訊。

「怎麼了？你的臉色怎麼這麼難看？」

布歐剛好在旁，一眼就察覺到孫昊音異常的表情。

一眾評審約好要去吃宵夜，每逢這種場合，白玟都愛纏著帥哥孫昊音，倘若酒入愁腸，她就會鉅細靡遺傾訴自己的情史……孫昊音寫歌的靈感，不少都來自這種感情豐富的朋友。

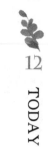

做節目時，大家要互相抬槓，鬥嘴鬥得面紅耳赤。但私底下，大家都沒有很著緊勝負，歌唱比賽的本質到底只是娛樂節目，能在坊間引起迴響就是最大的成功。

——香港沒有樂壇，只有娛樂圈。

孫昊音入行之後，對這句名言有了深刻的體會。

明天一早，身兼導師的評審又要開工，回來電視台跟學員商討出戰歌。不過，如果COOKIE眞的棄權，孫昊音就不用回來了。

「那個傻女……她怎會這麼倒楣？」

孫昊音連續打了幾通電話給COOKIE，響鈴響到自然掛斷，都是無人接聽。

明明只要再過一關，COOKIE就能進入八強，達到當初定下的目標……到這一步才放棄，眞是太可惜了。

匆匆吃完宵夜，孫昊音就說有急事要告辭。

今晚的月亮皎潔如鉤，孫昊音駐足仰望夜空，陰晴圓缺，悲歡離合，總會想到蘇軾的〈水調歌頭〉。

——他考過她〈水調歌頭〉的作者是誰。

——她的回答是鄧麗君。

「她到底怎麼了？至少也要給我回個電話……難道她的手機被沒收了？」

這輩子，孫昊音很少等待女人的電話。

只有著緊一個人，才會期待對方的來電。

——難道這是戀愛的徵兆？

他搖了搖頭。

夜色逐漸深沉，孫昊音正要發動汽車引擎，耳邊就響起了手機鈴聲。當他瞥見是COOKIE的來電，心頭一震，立刻按下了接聽鍵。

「喂？」

另一端尚未回應之前，孫昊音聽見了嘈雜的音樂聲和人聲，想必COOKIE正身處在一個熱鬧的場所。

「是我。剛剛不好意思，我一路上很緊張，錯過了你的來電……這支老爺機震動的脈搏很微弱。剛剛我見完了舍監盧姑娘，有事耽誤了一會，趁有空馬上打給你，害你擔心眞不好意思……」

孫昊音聽得有點辛苦，她的話聲受到背後噪音的干擾。

「結果呢？」

「盧姑娘痛斥了我一頓，因為我嚴重違反舍規，她要罰我禁足一個月，一個月內都不准離開宿舍。」

儘管孫昊音早有心理準備，聽到這樣的結果，亦不免替她難過。

「既然是這樣……妳明天就不能出場了吧？如果是這樣的話，真可惜……這樣吧，我會替妳負責，替妳向電視台交代。」

孫昊音未雨綢繆，由收她為學員的那一天開始，早就作了最壞的打算。他會用「肚子痛」這個無敵藉口，電視台總不會冒上「屎滾屎流」的風險，來強迫「內腸滾滾」的歌手上台演出……

「嘻，我還沒講完哩……」

「欸？」

「正當我誠心向盧姑娘認錯，我就發現一直躲在四周的朋友！他們都是即將跟我同屆畢業的宿友，原來盧姑娘跟大家串通好了，一同作弄我，給我一個大驚喜！」

孫昊音啞然之際，終於也聽出來了，電話另一端飄揚的音樂是〈TODAY〉，由梁詠琪原唱的著名畢業歌。

「大伙兒正在KTV唱歌……盧姑娘真好，她裝睏回家睡覺，但我們都知道她是睜隻眼閉隻眼。」

「ＫＴＶ唱歌？」

孫昊音按捺不住大發雷霆，連珠砲發叱責：

「妳眼裡還有明天的比賽嗎？妳居然還去ＫＴＶ那種地方……妳知道輪流使用的麥克風有多少細菌嗎？妳一口痰，他一口痰，簡直就像用嘴對著馬桶呼吸……要是生病了，妳一定後悔得捶胸！」

「對不起嘛，我只是露露臉……說起來，我喉嚨好像有點癢……咳、咳……糟糕了……」

「就說嘛！」

「嗚，我也不想的……你可以來接我回去飯店嗎？我身無分文，無法搭的士……」

「唉。妳在哪？」

確認了地點之後，孫昊音看了看手錶，估算一下車程，告訴她二十分鐘後到達。公路上的燈影恍若色紙的碎片，這趟車程出乎意料的順暢，老爺車稍微超速，早到了五分鐘。

還沒打電話，孫昊音已發現COOKIE坐在路邊的圍柵上。時值深夜，他將老爺車停靠路邊，氣沖沖下車。當他正要向COOKIE訓話，就看見她笑咪咪戴上了口罩，沒讓他開口，她已經開始自辯：

「我出門到現在，只要有人在旁，我都戴著口罩。剛剛和大家大合唱，我也沒用麥克風哩。我一直乖乖的，求求你饒過我嘛……」

「妳不是說喉嚨癢嗎？」

「嘻，我是騙你的。」

「妳好無聊啊！」

「我絞盡腦汁，只想得出這個藉口……哀人，人家今晚很想見你嘛！」

她說得這麼直率，孫昊音倒是消了氣，還帶著幾分尷尬地說：「算妳還有歌手的自覺。快上車吧！」

眼見COOKIE歡天喜地上車，孫昊音感到心旌搖曳。

月光下，燈火闌珊，孤男寡女，老爺車沿著五線譜似的行車線馳騁。

「告訴你一個好消息，我的朋友都很有義氣，大家都答應幫我保守冒名參賽的祕密！盧姑娘就當作不知情。」

聽到這樣的事，孫昊音也鬆了口氣。

「妳的舍監眞是開明呢。」

「對喔！我沒有好好準備公開試，還以爲會挨罵……沒想到盧姑娘居然鼓勵我，再跟我說

『讀不成書不打緊，最重要是找到自己的舞台』。我眞的好感動呢！」

孫昊音感受到她雀躍的心情。

車廂裡正在播放〈TODAY〉這首歌。剛剛孫昊音心血來潮，就用點播軟件搜索這首歌。

「想不到隔了這麼多年，現在的畢業生還會唱這首歌。眞令人懷念！以前畢業的時候，我也曾跟同學一起合唱這首歌。」

「當然！這首歌很有MEANING。這是屬於香港人的畢業歌！」

同一首歌，串聯了兩代人的心。

十年、二十年、三十年……五十年後，不管有沒有畢業生再唱這首歌，一定還會有人記得這首歌，白髮斑斑緬懷不老的回憶。當初創作這首歌的作曲家和填詞人，應該難以預料這樣的事吧？

「妳最喜歡哪一句歌詞？」

「我嗎？我最喜歡……『曾經，望著天空一起哭泣至睡。』每當聽到這一句，我都會想起和大家躺著看星星的夜晚。」

隔了半晌，COOKIE問了一樣的問題：

「你呢？你最喜歡哪一句？」

「我最喜歡最後一句——『在最好時刻分離、不要流眼淚、就承諾在某年，某一天某地點再見』……我覺得，等待的愛情是最美麗的。」

「愛情？這首歌不是講友情的嗎？」

「呵，妳就當我胡說吧。」

孫昊音笑了笑，有些事，他一直藏在心裡。

老爺車不是省油的車，越過一盞盞綠燈，轉眼間目的地近在眼前。但孫昊音有所顧忌，便將車子停在較遠的地點，與飯店門口相隔半條街的距離。

誰給他寄匿名信？有甚麼目的？他始終想不透。也許，這個人是在等待最適當的時機來引爆新聞。孫昊音不想COOKIE擔心，一直對她隱瞞匿名信和偷拍照片的事。

在黃澄澄的街燈旁，他爲她開車門，輕輕關車門，然後坐回駕駛席。

COOKIE依依不捨的模樣，回頭凝眸相對。

孫昊音隔著車窗向她說話：

「明天加油吧！我相信妳做得到的。」

COOKIE告白一般的語氣：

「你是我第一個遇上的好男人。沒有你，我就沒有TODAY。如果，將來有人問我有沒有遇見一個改變我一生的人，我會回答是你。」

「傻女，有沒有那麼誇張？」

孫昊音看著她在街燈下傻笑。

她蹦蹦跳跳，走到下一盞街燈，忽然又回頭大喊：

「你知道嗎？你就是我的光，照亮了我黑暗的世界！」

COOKIE傻乎乎向他行鞠躬禮。

「感謝你給我的機會！我這輩子都會感激你！」

——又不是在演偶像劇，幹嘛要大喊？

孫昊音既好氣又好笑，裝出無奈搖頭的樣子，但臉上掛著笑容。他不愛笑，但認識她之後，笑的次數不經意變多了。

其實，他今晚也很想見她一面。

他就這樣看著她愈走愈遠，皓皓的光點飄落，膚色融化在搖曳的燈光裡。他一直看著她的背影，若她回頭，就會發現那雙閃爍的星眸。

街燈漸漸熄滅。

當街燈再亮時，已是下一個傍晚。

錄影廠高朋滿座，熾熱的燈光照遍全場。

□

英國女詩人露芙（RUTH PADEL）說過：

「搖滾是『男性的音樂』。」

當然，不是幾個人湊團就叫「搖滾」，搖滾樂隊最基本要有電吉他手、電貝斯手或鼓手，而主唱是最重要的靈魂角色。

自二十世紀五〇年代開始，搖滾樂發展出多樣化的派別，這股風潮蔓延到亞洲，日本的X JAPAN，香港的BEYOND，都是由地下表演走入主流樂壇的傳奇樂隊。

星期日，淘汰賽。

十六強。八強。最後四強就會登上最後的舞台。

開場的時候，現場觀眾都覺得奇怪，因爲評審席只有五位評審，鐵面王子孫昊音不在場。

直播開始，孫昊音的專座依然是空席。

布幕徐徐升起。

現場響起電吉他的電磁音，慢慢輕奏小夜曲般的前奏。

當布幕升到一半，漆黑的舞台亮出射燈的光圈，中央的人影驀地呈現清晰帥氣的面貌。

戴著面罩的孫昊音揹著電吉他登場，指法細膩地撥弦。

觀眾嘖嘖之聲此起彼落。

霎時，舞台燈光全亮，一整團搖滾樂隊亮相了，音樂亦在瞬息之間變得澎湃激昂。孫昊音與貝斯手卯勁合奏，高音滋滋滋，低音咚咚咚，加上排山倒海的鼓聲，迸發出火山爆發般的強勢音樂。

——這首歌是X JAPAN的〈紅〉。

孫昊音會選此曲，就是向已故的HIDE致敬。HIDE是X JAPAN的傳奇電吉他手，也是日本前首相小泉純一郎的同鄉，這位首相也是X JAPAN最著名的忠實歌迷。

——電視台眞厲害，才不到半天的時間，就約到了本地的搖滾樂隊上來配合演出，做一場LIVE SHOW。

孫昊音這次上台，也是突如其來的情況，都怪布歐多嘴，將他會彈電吉他的事告訴孟嬅……孟嬅不會放過搶高收視率的機會，當晚便加插了捧紅鐵面王子的表演環節。

一曲既罷，舞台出現迷幻的塵爆煙霧效果。

孫昊音瞬間消失。

——他從沒想過，自己居然會體驗初賽時淘汰參賽者的地洞。

正當孫昊音沿密道摸路前往後台，隱約聽見了主持人的聲音：「搖滾樂是叛逆的象徵！搖滾樂是靈魂的吶喊！上世紀的人都對搖滾樂有偏見，但隨著喜歡搖滾樂的青少年變成大人，時代的觀感亦變了……我們無法改變老人的品味，但我們可以改變下一代！」

不多久，在工作人員領路之下，孫昊音返回了評審席，現場觀眾紛紛致以興高采烈的歡呼聲。

「香港是國際大都會，樂壇也是中西薈萃！本地的搖滾樂隊深受歐美和日本搖滾文化的影響，發展出獨立的風格……今晚，淘汰賽ＰＫ戰的主題就是搖滾樂！」

孫昊音知道，節目中段會插播懷念BEYOND的短片。倪剛昨晚才決定這個主題，電視台卻來得及搞出這麼多花樣，工作效率眞是高得不可思議。

當晚的比賽，看頭就是倪剛能否「整死」一眾女歌手。

倪剛首先登場。

他身穿網紋透視裝，戴著吊飾項鍊，披著金屬皮衣，著實有幾分明星風範，才可以駕馭這身裝扮。他有信心選擇「搖滾」爲題，毫無疑問就是擅長這種曲風，今晚的演出也是精彩奪目，炒熱了開場的氣氛。

相反地，他的ＰＫ戰對手「舞若久」力有不逮，無法和搖滾樂隊好好配合。

RUBBER BAND、SUPPER MOMENT、DEAR JANE、KOLOR、COLDPLAY……還有主唱是女歌手的飛兒樂團，這些樂隊的名曲都在今晚的歌單之上。

十六位歌手的選曲風格各異，大大顛覆世俗偏見的目光，原來搖滾樂可以風情萬種，現場表演的樂器交響和鳴，色聲光俱全，猶如一場令人目不暇給的音樂盛宴。

HELENA出場了。

內襯英文字白Ｔ恤，外披亮黑漆皮西裝，腰繫大皮帶，這一身打扮既前衛又不失優雅，夠霸氣又不會太刺眼，今晚的她彷彿由睡公主搖身一變成爲睡皇后。

如同女皇駕臨，她的第一聲沉吼震懾了全場。

信樂團，〈死了都要愛〉。

哪首歌不選，偏偏選這一首，就是故意挑釁倪剛——倪剛在複賽時的參賽歌就是〈死了都要愛〉。

誰說女人不可唱搖滾？HELENA引吭高歌，一邊唱，一邊解開盤起的辮子。飄散的長髮垂落胸前之際，她的歌聲也彷彿脫開了枷鎖，醞釀已久的巨聲如急流般激盪。

一而再，再而三，引發了山崩海嘯。

她也可以唱得狂烈！唱得嚎天動地！

痛痛快快淋漓盡致！

每個人都聽得心蕩神迷，直到她放下麥克風，才惘然回過神來，驚人的喝采聲和掌聲接踵而來。

「好樣的。」

孫昊音跟著歌神等評審一同站起來鼓掌，拍得手掌都變紅了。可想而知，倪剛若是在看HELENA的演出，一定氣得帥臉變形。只要是專業的音樂人，都一定認為她比倪剛更勝一籌。

甚麼是搖滾？

在孫昊音心中，搖滾是一股不屈服的精神。

不屈服，也就是敢於挑戰。

——喚醒懦夫，來向命運挑戰。

明星身為大眾偶像，影響力是巨大的，歌聲有喚醒靈魂的力量，遠勝過千言萬語。當年輕人受到欺壓時，他們都期待會有大人為他們發聲，每個人都期待一首鼓舞士氣的戰曲。

孫昊音向COOKIE推薦不少搖滾歌曲，有台灣的樂隊，也有歐美的樂隊，但COOKIE始終堅持要唱BEYOND的歌。商量好出戰歌之後，導師的責任也到此爲止，之後歌手就要靠自己摸索演繹方法，和樂隊彩排的時間也只有二十分鐘。

舞台地板升起。

戴著紅色假髮的COOKIE出場，黑白插圖白背心、黑短裙和絲襪，塑造出簡潔的龐克風，鉚釘厚底鞋補足了她的身長，視覺上的錯覺令人覺得她高高在上。

吉他的獨奏先來，歌聲如驟雨般急落。

喜歡你　那雙眼動人

笑聲更迷人

雖然這首歌出自BEYOND的專輯，但曲風偏向主流的情歌。

誰都無法想像，這首歌可以充滿搖滾韻味。

場內歌聲七分硬朗三分溫婉，逐字與鼓聲配合得天衣無縫，貝斯的加入增添了音域深度。

COOKIE最厲害的優點就是音域廣闊，廣闊即是多變，可以出神入化展現各種各樣的曲風。

孫昊音也歎爲觀止。

若說HELENA有女皇級的主宰力，COOKIE就有美人魚般的魔幻魅力。繞梁之音蠱惑人心，天上人間，令人聽得如痴如醉。

挽手説夢話　像昨天　你共我

她成功顛覆了這首歌既定的形象。

——寧可大膽嘗試，也不要附庸落俗。

孫昊音想起初入行時，自己也飽受挫折，常常不得要領，填好的詞屢被退稿。他不甘於平凡，覺得情歌都是陳腔濫調，不是你愛我我不愛你，就是我愛你你不愛我……

「在主流樂壇做和主流不一樣的音樂。」

這是黃家駒的理念，對孫昊音有極大的啓發。

即使是取悅大眾的作品，只要人情練達，亦可以達致藝術的境界——中國四大名著，豈不都是通俗作品嗎？

舞台上，COOKIE的演繹方式別開生面，成功征服了聽眾的心。

歌神等評審都聞歌抖肩，露出很HIGH的表情。

聽完這樣的演唱，孫昊音就知道她一定可以過關，她這番表現明顯勝過ＰＫ戰的對手「冬瓜」，可憐的「冬瓜」輸得露出了內褲。

看來倪剛的如意算盤打不響，巾幗不讓鬚眉，哪怕是「搖滾」這樣的題目，女歌手也可以駕馭自如，反而浩浩蕩蕩淘汰了男歌手。

一如孫昊音所料，比賽已演變成倪剛、HELENA和COOKIE三強鼎立，莎里娜亦有可能突圍而出。八強戰之中，誰跟誰在ＰＫ戰對上，將會奠定最終決賽的局面。

曲終人散。

舞台燈滅。

當燈光再亮時，又是下一個週末。

按照約定，COOKIE要退出比賽的時機也到了……

13 少女的祈禱

星期六，排名戰。

星期日，淘汰賽。

節目倒數兩週，八強之後，最後四強就會登上最後的舞台，冠軍將會獨得一百萬的獎金。

歌神有倪剛和HELENA兩個學員，布歐的學員只剩下莎里娜和陳某君。嚴老師、何仙姑和白玟各剩一個學員，在大眾眼中都是陪跑的角色。

「冠軍一定是HELENA吧？」

在電影院的小茶座，COOKIE向孫昊音說出她的想法。

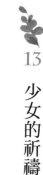

原來盧姑娘除了批准她參賽，還批准她告假一週，這期間可以暫住在紅豆的家備賽。只有COOKIE自己最清楚，她已經與冠軍無緣，一旦違規參賽的事曝光，就會釀成風波，連累電視台和孫昊音。

這星期離開宿舍，她最高興是可以天天打電話，每個晚上都和孫昊音聊天。光是聽到他的聲音，已令她有種相伴在旁的感覺。他是個眞紳士，從不開口掛線，等到她累得睡著，他才在夢影裡銷聲匿跡。

醒來的時候，當她聽著電話的斷線音，心裡都會感到空洞洞的。

這剎那他在何方？

他在做甚麼？

她心裡，整天都是牽掛著他的感覺。

早知道夢醒的時候最難過，她很擔心，這一週結束之後，她和他就會斷掉聯繫。

這一晚，紅豆回家的時候，竟然帶來了一封信。

寄件人是孫昊音。

信箋只寫了一闋「詞」：

〈紅紅郵筒〉

紅紅郵筒

突然收到妳的信

原來紙箋
也懂說話
用情握起
LOVE的螢光筆
緩緩圈出
愛・的・字・句

想不到這個男人會陪她鬧著玩，模仿她自創的「曲奇詞體」，寫了這一封回信。

——咦！他怎會知道這個地址？

紅豆腦筋動得快，一語驚醒夢中人：「妳報名時，是不是塡了我的地址？」

COOKIE心裡甜滋滋的，立即打電話找他。聊了一會之後，她鼓起勇氣約他出來見面，一問完，才看到掛牆的時針停在深夜十一點。

「這麼晚？要去哪裡？」

「不如去……看午夜場好不好？」

COOKIE隨口瞎掰出來的建議，孫昊音居然答應了。

就這樣，她抱著「幽會」的心態，跟他來到了電影院。原來他還以為午夜場沒甚麼人，怎想到本地私密空間嚴重不足，情侶深夜無處可去，都擠在電影院裡不三不四摸來摸去。

孫昊音挑了一部大爛片，影片剪接爛到好像支離破碎的屍體。

再這樣看下去就要吐白沫……當COOKIE快要受不了，他就拉了她出去，離開一大群「醉翁之意不在酒」的觀眾。

電影院的小茶座已經打烊，熄了燈，但座位區依然開放。難得安靜，她和他坐了下來，同時鬆了口氣。

COOKIE若有所思，不禁說出她認為冠軍一定是HELENA的想法。

孫昊音卻悶不作聲。

這幾晚講電話，她從他口中打聽八卦，這個衰人竟告訴她「HELENA是父母指腹為婚的對象」……他不是故意氣她，就是太過坦白。

COOKIE酸溜溜地說：

「你和她是青梅竹馬，她贏了的話，你會很高興吧？在我看來，你和她挺匹配的！你是鐵面王子，她是冰雪美人，簡直就是天作之合！」

女人愛說反話，也不知他有沒有聽出弦外之音。

孫昊音好像在說眞話，又好像在開玩笑：

「我和她絕對不適合做情侶。因爲我和她都有自戀傾向。兩個自戀的人在一起，一定會爭廁所……」

「爭甚麼廁所？便祕嗎？」

「妳的思想眞污穢。我的意思只是爭著照鏡子……她太好勝了，甚麼都想得到手，就算她愛上了我，也只是爲了滿足自己的虛榮心。」

聽了這番話，COOKIE心裡十分舒服，不愼吐露出邪惡的心聲：

「可以再多說一些她的壞話嗎？」

孫昊音皺了皺眉，然後咯咯笑了出來。

「妳眞是沒頭沒腦的傻女。」

「沒頭沒腦至少比沒頭沒胸好。」

COOKIE托著下巴，歪著頭看著他，擺出挑逗的眼神。

孫昊音忽然回到正題，問中她的心事：

「妳難道不想勝過HELENA嗎？」

「我想呀。可是……」

「妳好不容易才到這一步，我想看妳繼續走下去……全力去唱吧！有甚麼後果由我負責！」

負責——會講這兩個字的男人特別有氣魄。

COOKIE雙眼冒出盈盈秋波，她一往情深地直視著孫昊音，捏拳擱在胸前，喉嚨用力地「嗯」了一聲。

「妳天不怕地不怕，應該也不怕坐牢吧？這週末的比賽，妳要出盡全力，千萬別留下遺憾。」

COOKIE笑咪咪地說：

「如果我坐牢了，你是不是會來探監？」

她眞的好喜歡他，爲了黏在他的身邊，她可以想出一切理由。

自從她扶阿婆過馬路，好運就開始降臨，一路參賽至今都受到幸運之神的眷顧，臨睡前的祈禱彷彿都會成眞。

她祈求，她會遇上一個好男人。

她祈求，可以順利過關，與他再一同練唱。

她祈求，HELENA會吃閉門羹。

連綠燈轉紅這種小事，她都嘗試祈求，只求車子停下來，片刻他會與她凝望。

多一分鐘也好，因爲她有話未曾講。

比賽一結束，她會向他表白。

她祈求，他答允……

□

「呀布歐，你不開心的時候，會聽甚麼歌？」

「我不開心時會聽國歌，聽完心情就會好。」

「你眞是……愛國！」

何仙姑和布歐一唱一和，對著鏡頭講開場白。

今晚的舞台拓展成半圓形的設計，觀眾都有耳目一新的感覺。

爲了渲染擂台戰的臨場感，台前安排了扇形排開的八張高腳吧椅，讓八強歌手面對面觀看各自的現場演唱。

今晚是排名戰。

賽制和上週相同，歌手只要在排名戰奪魁，就有最大的優先權選擇對手，甚至可以決定PK戰的曲種。

不知是否監製蓄意的安排，COOKIE和HELENA坐在相鄰的吧椅。

彷彿有甚麼默契，當晚歌手的衣著不約而同返璞歸眞，COOKIE和HELENA都穿著吊帶連身裙，倪剛亦一改浮誇作風，以灰色T恤搭配短袖西裝外套，看起來像個衣冠楚楚的斯文人。

「各位觀眾，你們記得以前有個傑出廣告歌曲大獎嗎？很多流行曲都成爲洗腦的神曲。朗朗上口，耳熟能詳，今晚的主題就是『洗腦廣告歌』！」

主持簡直像個油腔滑調的推銷員。

眞是虧電視台想出這樣的主題……COOKIE聽孫昊音說過，電視台主動聯絡曾憑經典廣告打響名堂的商家，託節目高收視率之福，商家都很樂意下廣告。

說到廣告，最富戲劇性的故事，莫過於郭富城成名的經歷。當年他只是個跑龍套的舞者，因爲在台灣接拍了機車廣告，在廣告中飾演被女人潑水的清純帥哥，帶電的眼神風魔萬千女眾，遇水則發，一炮而紅。

……當年他的國語不靈光，但語言不是問題，最重要是長得帥，帥哥講爛國語也是可愛。

……當孫昊音向COOKIE講起這件軼事，她看出他有自戀的傾向。

「明星都是上天選中的人。」

孫昊音不是迷信的人，但他確信冥冥中自有天意。

COOKIE坐在前排，她知道孫昊音就在後面。

評審席那邊靜下來。

全場鴉雀無聲，因爲歌手要出場了。

第一個登台的是莎里娜，她要唱和檸檬茶有關的廣告歌。青春無敵，年輕甜美的歌聲如仙樂般飄揚，觀眾之中不乏血糖過高的人，他們都忍不住喝光現場派發的檸檬茶。

歌手逐一登台，不久就輪到倪剛。

古巨基，〈愛得太遲〉，電訊商One2Free的廣告歌。

最心痛是　愛得太遲

有些心意　不可等某個日子

倪剛不是省油的燈，他的唱功出類拔萃，明顯勝過其他男歌手——但是，這場比賽是男女歌手混戰，他的真正勁敵是兩個女人。

COOKIE是倒數第二個上台。

她已經習慣了舞台上的感覺，現在不僅不會緊張，還有一種幸福感，享受觀眾的目光，就像沐浴在溫暖的晨光裡面。

我帶著情意　一絲絲悽愴

許多説話都仍然未講

黎明的〈那有一天不想你〉，昔日電訊商「和記天地線」的廣告歌，史上第一首全數奪得香港四大電子傳媒最佳金曲獎的至尊金曲，而史上第二首就是之前倪剛選唱的〈愛得太遲〉。男歌女唱，別有一番風情，亦擺脫了原唱根深柢固的印象。

COOKIE一唱完，甩了甩頭，釋放滿溢的爽快感。

她自覺揮灑自如，做出了最好的演出，滿場觀眾都站了起來，喝采聲亦沒完沒了。眼前有逾千觀眾，她的目光聚焦在一個人的身上，當他向她點了點頭，她才真正感到滿足。

人人都知道今晚是巔峰對決的前哨戰。

HELENA最後一個上台。

她為大家帶來楊千嬅的〈少女的祈禱〉，當年富士魔術手FDI雷射沖印的廣告歌。

祈求天地放過一雙戀人
怕發生的永遠別發生

HELENA的高音達致無人匹敵的境界，美聲透過耳朵衝擊每個人的魂魄。她是天使，她是仙女，她是靈氣的化身。到了小調似的末段，她唱得很輕，聲音推出來還能抖音，這是非常了不起的技巧。

當她唱完，萬籟俱寂。

下一秒，掌聲幾乎震垮舞台，更有觀眾激動到差點暈倒。

——她真的唱得很棒！

COOKIE不得不佩服這個對手，情緒高漲之下，不由自主舉起右手，朝台上比出大拇指。

HELENA瞥見她這個舉動，微微一怔之後，也向她那邊揮了揮手，回以一個惺惺相惜似的微笑。

那一刻，COOKIE彷彿讀出了HELENA的想法——她承認我是真正的勁敵！

兩人遲早會在舞台上爭霸，問題只是到底要在ＰＫ戰碰頭，還是要在總決賽上分個勝負。

既是勁敵，又是情敵……雖然孫昊音嘴裡說排斥HELENA，但COOKIE還是暗暗不安，很多男人都是講一套做一套。

不管如何，她絕對不可示弱，須得露出炯炯的目光。

當晚比賽結束，餘興節目就是播廣告……對，真的有很多廣告，電視台賺得「盤滿缽滿」。

這期間，六位評審退席討論，現場瀰漫著一股緊張感。

也不知隔了多久，布歐、歌神等人再度出來，眾人就知道即將揭曉賽果。稍微有頭腦的觀眾都會知道，假如歌手的實力在伯仲之間，排名戰獲勝所帶來的優勢就會相當重要。

八位歌手坐在吧椅上，大螢幕分割成八格畫面，顯示他們的表情。

螢幕一閃。

賽果呈現眼前。

第一名是HELENA的名字。

第二名是COOKIE，第三名是倪剛。

歌神站起來說話，不停強調今晚的歌手各有千秋，評審們爭議許久，萬分艱難才能斷定今晚的三甲……何仙姑插嘴說：「所以今晚才有這麼多廣告。」這番話惹來全場大笑。

評審之一的嚴老師站出來，代替主持人發問：

「HELENA，恭喜妳，如果今晚COOKIE的表現是滿分，妳的表現就是一百零一分。妳將會有NUMBER ONE的優先權，來決定明晚ＰＫ戰的對手……妳要選誰呢？」

HELENA毫不猶豫指向了旁邊。

人人都瞧得清楚她在指著COOKIE。

「噢！妳要和COOKIE單對單ＰＫ？」

HELENA堅定地點頭。

睡公主終於要與灰姑娘正面交鋒。

這樣的局面令人意外，卻在情理之內，HELENA恃著有優勝特權在手，當然要在明晚的ＰＫ戰淘汰最大勁敵。說到底，「星秀傳奇」只是一場比賽，勝負亦取決於比賽策略，歌手總要爲自己創造最有利的獲勝條件。

嚴老師繼續問：

「HELENA，妳還有一項很大的特權，這個特權會爲妳帶來極大的優勢。明天的曲種就由妳來決定！請問妳意下如何？」

HELENA自信滿滿，散發出一股傲氣。

「我要選的主題是——MUSICAL！」

MUSICAL？

音樂劇？

觀眾都感到很意外，台下的歌手露出一張張怪臉。

唯獨孫昊音不感到意外，因爲他知道HELENA在英國唸碩士，主修之一就是音樂劇，這個領域是她絕對最強的強項。

14 花與琴的流星

「HELENA在英國學聲樂，曾有不少音樂劇的演出經驗。竟然讓她有機會選擇曲種，妳也當真不幸……」

「衰人，你到底在幫我還是奚落我？」

星期日，早上九時，孫昊音約了COOKIE在錄影廠的後台見面。這裡曾有很多兩人練唱的回憶，後台獨處，外面晝夜交替，這裡的時間卻好像凝住了一樣。

音樂劇這個題目，對流行曲歌手來說眞是聞風喪膽。

「我從來沒唱過音樂劇的歌……爲甚麼監製會批准這樣的題目？救命呀……我現在還不太懂甚麼是音樂劇。」

「的確很多人把音樂劇和歌劇搞混。用英文比較容易懂，一個是MUSICAL，一個是OPERA。簡單來說，音樂劇的唱腔較像流行曲。」

孫昊音又舉出一些例子，《芝加哥》、《獅子王》、《媽媽咪呀》、《紐澤西男孩》……等等，都是百老匯著名的音樂劇，載歌載舞無疑是票房保證的元素。

「難道說，我今晚的選擇只有英文歌嗎？」

「也不一定。華人社會也有音樂劇的歌。」

「我會有勝算嗎？」

孫昊音不想打沉她，但有些話還是要說：

「不知是好消息還是壞消息……今晚的淘汰賽會在戶外舉行，歌手一對一ＰＫ，然後由現場聽眾投票，我們這幾個評審都沒有決定權。」

COOKIE聞言後，裝出一副攢眉蹙鼻的可憐相……這樣的表情好有趣，孫昊音在心裡暗笑。

現場聽眾投票——這項特殊的規則是今晚勝負的關鍵。這樣的曲種限制，加上這樣的評分規則，連老天都好像在偏幫HELENA一樣。

「眞羨慕莎里娜……她的對手是倪剛。唱音樂劇的話，我覺得她未必會輸給他呢。今晚，我就要和HELENA這個終極BOSS決戰，眞的須要求神拜佛賜我力量……」

「妳需要更大動力的話，我就和妳打賭吧！」

「打賭甚麼？」

「如果妳這次贏了HELENA，獎賞就會加碼，我會請妳去五星級飯店吃海景燭光晚餐！」

「聽起來不錯呢！」

如果COOKIE腦筋轉得過來，就會想通他這樣打賭，其實是在賭她會輸……

孫昊音看著COOKIE，發覺她的心情滿輕鬆的，沒有眞的在怕HELENA。也許，她本來就沒想過自己會進決賽，得失心也沒那麼重。還是……她是享受他站在她這一邊，陪伴她並肩作戰的感覺？

這一個月，她進步神速，今晚不妨放手一搏，將學過的歌唱技巧悉數發揮。

「流行曲的歌手主要分爲兩派，我教過妳的東西，妳還記得嗎？」

「我記得！兩派就是眞音派和混音派！」

孫昊音在後台踱步，向COOKIE點了點頭。

「這兩派有甚麼分別？」

「眞音就是自然發出的音，歌手都要用盡全力唱，音量會隨著高音而飆高，所以才要做『拉MIC』的動作。」

「混音呢？」

「唔……混音即是以假亂眞的『假音』吧？歌手用氣音來唱高音，所以可以滿面輕鬆，亦可以無限升KEY。」

「HELENA是哪一派的歌手？」

COOKIE沉思了一會，才回答：

「要唱眞音，聲帶要使勁，所以頸部會青筋暴現……HELENA都唱得像天鵝那麼優雅，她一定是混音派的。」

孫昊音又點了點頭。

「妳自己呢？」

「我？我一直以來只會唱眞音。但你要我學唱假音，這樣才能使出『斷層式唱法』，提高眞音的震撼力……這兩個月眞是好玩，我以前哪知道唱歌有這麼多學問！」

斷層式唱法——就是在唱眞音的期間，直接切入假音，再無縫接軌轉折回眞音，層層疊疊節節高起，而這也是一流的歌手才做得到的技巧。

孫昊音按了按她的頭，鬥志高昂地說：

「今晚，我們就用斷層式唱法來應戰吧！」

後台裡，一男一女，分分秒秒醉心在練唱之中。

彼此彷彿心靈相通，如同一對眞正的愛侶。

這麼美好的時光，可能只剩下這一刻……

□

天黑了。

戶外的大坪草地上，兩座臨時舞台對峙而立，兩面巨幅的背幕就像足球場兩側的龍門。舞台的主色是黑色，東側的背幕配上紅色，而西側的背幕以藍色來襯黑色。仿照電競遊戲的對決畫面，四個對四個，紅藍對抗，參賽歌手的造型照都印了在背幕上面。

今晚，這裡將會有一場草地音樂節。

今晚，八強大戰一觸即發。

過了今晚的ＰＫ戰，只剩四名歌手晉級下週的總決賽。

兩座舞台之間有一大片空曠草地，四側是白繩圍成的外圈。舞台上射燈炳然亮起，音響播出「星秀傳奇」的開場序曲，接著是主持人興奮激昂的廣播：

「大家好！今晚的比賽移師到戶外舉行，代表我們的歌手正式走入民間。賽例亦會有巨大變動——我們相信大眾的耳朵，今晚將會採取用凳投票的方式，由一百零一名現場觀眾來決定進入總決賽的選手！GO GO POWER SINGERS！EVERYONE IS A SUPERSTAR！」

儘管歌手分成紅、藍兩陣營，這畢竟是單對單較量的ＰＫ戰，對決的歌手各自上台，只爲個人的榮譽而唱。

一聲令下，一百零一名觀眾抬著塑膠凳，分別由四個入口魚貫進場，點狀般分布在兩個舞台之間的草地上。

孫昊音等評審亦到場，當晚的餘興節目就是歌神和白玟的獻唱。布歐向大家交代指示：「今晚我們的角色只是旁觀者，就像體育台的『評述員』一樣，隨便發表一下感想，不說話也行。比較麻煩的是我們要走入人群裡，向觀眾套幾句話，在攝影機前問一問他們的感想。」評審們不會參與投票，爲免影響現場觀眾投票的意向，訪談內容亦只會向電視機前的觀眾播放。

觀眾先聽藍陣歌手的演唱，再轉身觀看紅陣那邊的表演，心裡有了定數，便移步走向紅或藍的舞台，擱下塑膠凳來投下神聖的一票。

中線爲界，時間一到，哪方的塑膠凳較多，那方就是贏家。

今晚，夜空清澈。

城裡的月光照遍人間，歌聲亦響遍每扇軒窗。

夜漸深。

三名晉級決賽的歌手塵埃落定，只剩最後一個出線名額，壓軸對決即將就要上演。

這時候滿場的人談談笑笑，男的女的，年輕人、中年人、錦衣潮服、穿紅著綠……各種模樣的觀眾齊集在白繩圍成的場地之內。

正在熱鬧喧譁的時候，藍陣那邊的舞台亮起了射燈，幾道藍色光束直直映向半空。

亭亭玉立的HELENA出場。

一襲雪白長裙，一副銀圓耳環，一對鑲水晶高跟鞋。

不容觀眾有喘息的餘暇，曲未啓奏唇先啓，第一句就是她清唱的高音，天籟般的美聲如新鶯出谷，好聽得動人心弦，無一個毛孔不暢快。

〈MEMORY〉——百老匯名劇《貓》的主題曲。

柔腸百結的歌聲沁入每個人的心田，悲悲喜喜苦苦樂樂，五音十二律如雪花紛沓而來，就算有的觀眾聽不懂英文，都會爲那股戀戀不捨的情感而動容。這樣的美聲彷彿只應天上有，凡間難得幾回聞，到了高音的部分，更是清澈清亮清洌，有如一泓秋水照人寒。

歌神聽得陶然自醉，一錘定音地說：

「她贏定了。她的水準和我在百老匯聽的一樣。」

技術方面，這樣的演出確實十全十美。

當HELENA演唱完了，餘音綿延不絕，滿場觀眾仍然呆呆的屏氣攝息，隔了半晌才懂得鼓掌。

就在掌聲愈來愈大之際，勾魂奪魄的歌聲在另一邊響起來了。

在那星光中去許願
願種出的花被愛

彷彿有一顆超新星在蒼穹中爆破，誘發黑洞似的吸力。

觀眾紛紛回頭，紅色的燈光映出海市蜃樓般的幻境，COOKIE站在舞台中央，身穿碎布拼成的針織上衣。這是由劇組借來的戲服，經過造型師精心大膽的搭配，襯上縐褶的復古色紗網長裙，竟造就出這套具破爛美的時裝。

一首古老歌謠的旋律緩緩飄送，優美得無與倫比，動聽得清耳悅心，奇妙的歌聲爲聽眾帶來了奇妙的幻境，如夢如醉地訴說著不老的傳說。

這首歌叫〈花與琴的流星〉，出自《雪狼湖》這齣華人原創的音樂劇。《雪狼湖》於一九九九年在香港公演，至今仍保持紅館演出場次的最高紀錄，場場爆滿，一票難求，花匠胡狼和寧靜雪的愛情故事永垂不朽。

比起西方音樂劇的名曲，這首歌更能觸動香港人的心。

今晚，COOKIE盡情發揮斷層式唱法，聲如貫珠連成一串，低音層層遞進，天衣無縫往高音接軌。她的左臂一揮，聲音拔了一個尖兒，隨即加倍鏗然，如徘徊的花瓣般迴翰升空。眞音假音清脆分明，高音低音圓轉如意，刹那間，至美的歌聲落下如流星雨，沉入眾人心裡。

「哇，好聽得令我思覺失調！」

布歐著迷似地喃喃自語。

孫昊音一直陪COOKIE練唱，比誰都更了解她的潛力，她是天生註定當歌星的那塊料，所以才能在短短一個月之內，學會這種別人學一輩子都未必學會的技巧。

很少女歌手能唱磁性的低音，當COOKIE跟他學滿師之後，更懂得舌頭和喉嚨的用法，她的聲音不僅更圓潤，能唱的音域也拓展到驚人的境界。正因爲高低反差的衝擊力，她的歌聲才會如此令人震撼。

這個少女一股傻勁，全心全意投入，貼心入髓地唱好一首歌，唱到了人人的心靈深處。

COOKIE唱畢全歌，仍是興奮不已，向著觀眾揮手。

台下叫好之聲響遏行雲，幾乎蓋過現場的廣播：

「謝謝兩位女歌手的演出。兩邊的演出都極爲精彩，到底花落誰家呢？」

現場的一百零一名觀眾搬著塑膠凳，是時候要做出投票的決定。

有的觀眾往藍陣那邊走，有的走向紅陣那邊，漸漸壁壘分明，明顯看出坐在COOKIE那邊的觀眾比較多，大概就是六四的比例。

「老孫，你發掘的這個歌手眞是不可思議。」

歌神對著孫昊音，發出由衷的讚歎。

「不是我發掘了她，是命運將她帶到我面前。」

孫昊音謙遜地一笑。

由HELENA選擇以「音樂劇」爲題的一刻，似乎就註定她的失敗。

在大眾眼中，她是個「離地」的千金小姐。

孫昊音受過學院派的音樂教育，他比誰都更清楚，HELENA的美聲都是高純度的強假音。眞高音和強假音各有優劣之處，厲害的歌星亦會兩者兼用。不過，在流行音樂的世界，主流歌手大都是眞音派。

因爲眞高音是歌手最原始的聲音，就像野性的咆哮，可以展現歌手最獨特的魅力。

很多歌唱老師精通一切歌唱技巧，但他們無法成爲歌星，就是因爲他們的歌聲缺乏個人魅力。在大眾市場上，最重要是風格，個人魅力遠比唱功重要。觀眾都渴望看見獨特的東西，罕見的東西才會發出引人注目的光亮。

這就是所謂的觀眾緣吧！

據孫昊音目測，用凳投票給COOKIE的觀眾以女性佔多數。

「女人的嫉妒心眞是可怕。」

孫昊音不期然有這樣的感想。

HELENA是家世顯赫的千金小姐，人又長得漂亮，學歷又高，一生一帆風順，要是再讓她成爲天后巨星……她的人生豈不是完美？可想而知，一定有頗多女人因爲不爽這樣的事，憤然將票投給了COOKIE。

專業評審偏向理性討論，但一般的觀眾都是感情用事，睡公主對灰姑娘，始終是灰姑娘的故事比較動人。

「ENCORE！ENCORE！ENCORE！」

大局已定，COOKIE順應觀眾的要求，重唱〈花與琴的流星〉一曲。縱使天上有千千晚星，都比不起她今晚的光芒耀目。

另一邊的舞台熄滅了藍光。

HELENA黯然下台，遇上正在階級下等待的孫昊音。

燈火闌珊，HELENA垂著頭苦笑。

「看來上天選擇了她呢。」

很難得，孫昊音對她露出溫柔的微笑。

「妳總是很努力造出完美的形象。可是，沒有人是完美的……就是因爲妳逼得自己太緊，妳都沒有好好享受過唱歌。」

HELENA沉默了半晌，才抬頭看著孫昊音。

「謝謝你。這次來參賽眞好，我終於知道自己欠缺的東西。」

接著HELENA緩緩別過臉，目光帶著幾分羨慕，望向正在對面舞台盡情獻唱的COOKIE。

「她唱歌的樣子很快樂吧？」

孫昊音一語道破HELENA的想法，接著又說：

「妳會去百老匯那邊試鏡吧？期待有一天收到妳的門票，我一定會搭飛機去捧場的，祝妳美夢成眞。」

HELENA露出甜美的笑容。

「GOOD NIGHT——」

「晚安。」

孫昊音道別後，瀟灑轉身，向COOKIE那邊走去。

每個人都有屬於自己的舞台。

今晚的舞台是屬於她的。

流星一閃即逝，他和她的追夢旅程即將到達終點……

夜夜漫漫

夜夜漫漫　慢慢沾濕了夜幔
在你面前像隻傻瓜扭蛋
模糊記住　*LOVE*的車牌號碼
留你身邊　直・至・蒸・發

15 今生今世

如果想約一個女生吃飯，就要跟她打賭，賭一場容易輸的賭局。

孫昊音認賭服輸，在電話裡神祕兮兮地說：

「今晚要請妳到五星級飯店吃大餐，我會騎一匹黑馬來接妳。」

準決賽的翌日是星期一。

時近黃昏，COOKIE悉心化妝才出門。

她戴著尖頭毛帽，穿著外套牛仔褲，頂著寒風離開飯店，走了半條街，來到街燈旁。路邊停了一架黑色跑車，戴著太陽眼鏡的孫昊音向她招手。

「哇！這就是你說的『黑馬』？」

「車子是我向老爹借來的，雖然我很不想求他，但爲了妳，我只好破例一次咯。」

「太棒了！這是我這輩子第一次坐跑車……我的遺願清單又少了一個項目啦。」

COOKIE笨手笨腳地拉門，卻沒想過車門會自動升起，就像天馬折起的翅膀。

孫昊音穿著藍色毛衣和白色西褲，頭髮梳向後面，這身打扮令他比小明星更有明星風範。

他今天看起來特別帥……COOKIE看著他，竟有點神魂顛倒，差點想向他呈上一封公函式的求婚信。

路上風大，孫昊音怕她著涼，收起了篷頂。

每踩一下油門，都是燒一張鈔票……但孫昊音爲了耍帥，踩了幾下油門加速，車子便隆隆隆地向前風馳電掣。

當他開車的時候，COOKIE偷瞄著他，心裡緊張得小鹿亂撞！

車子在紅燈前停下，COOKIE打開話匣子：

「我覺得呀，昨晚明明是莎里娜唱得比較好，但觀眾都投票給倪剛。我眞替莎里娜感到不值。」

「唔……比賽的事情很難說。可能是倪剛比較有觀眾緣吧！」

跑車駛入高級商場的停車場。

停車之後，孫昊音帶著COOKIE走進電梯。

整部電梯奢華得好像鑲金包銀一樣，典雅的面板和框架都是金碧輝煌。COOKIE平日都是買小攤小店的衣服，很少來這種珠光寶氣的商場。沿路全是彷彿一塵不染的大理石地板，商場有通往飯店的通道。

COOKIE看著鏡中的自己，不禁感到自慚形穢。

——我的衣服很明顯是廉價貨。

當她的目光掃到櫥窗裡的新裙，霎時目不轉睛。雖然價格沒超過一千……就算獎金到手，她也捨不得買這麼貴的長裙。

孫昊音似乎看穿她的心思，說出足以令任何女人心動的對白：「今晚，請妳當自己是小公主，我會實現妳一切願望。」

「我不會要男人買東西給我。」

「如果是不用錢呢？」

「不用錢？」

「我的信用卡有足夠的積分，可以免費換購這家店的東西。」

孫昊音半推半哄的，牽著COOKIE進店，一行行掛衣架就像色彩繽紛的草叢。有人說，男人都在找一個願意陪他吃麥多多的女生，而女生都需要一個樂意陪她逛服飾店的男人。

沒過幾分鐘，COOKIE就由更衣室出來。

她挑了一件薄荷綠的高腰傘狀裙，可愛的復古風剪裁，配上今天穿的厚底鞋，嬌滴滴的身材變魔法似地顯得修長。

「哇！超美的！妳好像由漫畫走出來的美女！」

女店員賣口乖。

孫昊音繞了一圈，捎來一只天河石手鍊，青色的石頭上有淡淡的白紋。他憑個人的美學眼光保證，這只手鍊與她的新衣相當匹配。COOKIE戴在手上，發出「嗯」的一聲，也很喜歡天河石這種美麗的廉價寶石。

鏡中的自己煥然一新……

她和他的目光在鏡子裡對上。

COOKIE穿著新裙離開了時裝店。臨走時，那個店員目不轉睛地盯著她的臉，應該是覺得面善，還好沒眞的認出她。

孫昊音替她挽著放置舊衣的大紙袋。

今天的孫昊音簡直是完美情人。

COOKIE鼓起勇氣，伸出了雙手，上前牽著他的臂彎。他竟然也沒有抗拒。看樣子他眞的說得出做得到，今晚會實現她的一切願望（他曾強調不包括慾望）。

兩人就這樣依偎對方，沿著大理石地板走上長長的手扶梯。

□

飯店富麗堂皇，到處都是衣香鬢影的客人。

餐廳在下層，COOKIE用手溜著古銅色的扶手，走下寬大的螺旋樓梯，瞥見了大堂中間的大鋼琴。

樓高三層的間條落地窗外是傍晚的景色，服務生帶路到落地窗旁的桌位，拉開靠背椅，讓COOKIE先就座。

桌上有一套西式茶壺，茶壺托座內藏保溫的小蠟燭。

「這一頓晚餐勉強也算是燭光晚餐吧？」

孫昊音施施然坐下，將餐巾布擱在大腿上。

這裡的菜單是中英對照的哩……COOKIE大驚小怪，點完餐之後，向孫昊音小聲地問：

「爲甚麼菜單沒有標價錢？」

「那是給女士看的專用菜單，就是怕妳知道價錢之後，這頓飯會吃不下去。」

「嗄……剛剛我點的套餐是多少錢？」

「唔，大概是一萬多一份。」

COOKIE瞪大了雙眼，嘴巴也張得好大，彷彿連頭髮也豎起來了。直到孫昊音掩著嘴格格地笑，她才知道他在騙她。

「你這個人眞是賤呢！誰當了你的女友，誰就是倒楣死了！」

「呵呵，妳說的沒錯。我這個人，從不對女友說情話，從不說謊言似的承諾。我不說分手，女人都會一一離我而去。」

「怎麼會？明明你這麼會寫情歌……」

「妳沒發覺情歌大都是悲情的嗎？」

由於孫昊音條件很好，和他談過戀愛的女生不是天仙級數，就是女神素質。因此，她們恢復單身之後，很快就會觀音娘娘似地惹來一堆追求者，萬千寵愛於一身，根本不愁沒對象。

COOKIE歪著頭，一臉憐憫地看著他。

「你眞悲觀……」

「沒辦法，大部分愛情不是悲劇收場，就是走進墳場。」

孫昊音又恢復冷酷的表情。

COOKIE突有所感，撒嬌地問：「不公平呢！你聽過我的失戀故事，我也要聽聽你的！」

孫昊音遲疑片刻，徐徐側過了臉，伸手指向餐廳大堂的大鋼琴。COOKIE不明白他的用意，只是順著他的手指望著那邊。這時間沒有現場表演，讓這台鋼琴看起來有點孤獨。

「我曾經用那台鋼琴求婚。」

孫昊音這句話令她呆了整整三秒。

「求……求婚？」

COOKIE略顯忐忑地問。

沒過幾秒，孫昊音娓娓道來：

「她是演藝圈裡的人。在我入行之前，我已經和她交往，關係不公開，就這樣持續了四年。她是演員，有次電視台找人爲新劇塡詞，她推薦我去試試看。當時，我和布歐一拍即合，我也愛上了塡詞人這份工作。」

COOKIE心中彷彿被鎚了一口釘，但她還是全神貫注盯著他，表示很想繼續聽下去。

「我爲了證明自己，日日夜夜埋首工作，連星期六、日都在熬夜，可能就是這樣冷落了她。直到她開始向我提出分手，我還以爲她只是鬧脾氣，我倆的關係也愈來愈奇怪，漸漸處於離離合合之間。」

「她只是希望你關心她吧？」

孫昊音拿起酒杯，聳了聳肩。

「女人跟你提分手，有兩種可能性，一種是眞的想跟你分手，從此一刀兩斷。另一種可能性，就是她期待你挽留她，來肯定你對她的愛。」

COOKIE默默看著他喝酒。

頓了一頓，他又說下去：

「當時，我以爲是後者，我認爲時機成熟，就帶她來這裡，彈琴向她求婚。就用那一台鋼琴……當我彈完，她哭成淚人……」

乍聽下，這是一次成功的求婚，女人都很期待這麼浪漫的求婚。

COOKIE也跟著他的目光凝望著鋼琴，心有戚戚。

「我以爲她答應了我的求婚……回家時，她卻將鑽戒還給我，不停向我道歉……那晚之後，她開始逃避我，我就知道這段關係眞的要完了。」

COOKIE從沒想過，這位鐵面王子也有這麼情深的一面。

「她眞笨。錯過你這麼好的男人。」

孫昊音露出苦笑。

「不久，我就聽到她閃婚的消息，她嫁給城中一位富豪。七個月後，她和他的兒子就出生了……」

「天呀……」

COOKIE啞然無言，用雙手摀住了嘴巴。

珠胎暗結……到嘴邊的話語卡在喉嚨。

有的女人一時意亂情迷，又或者因寂寞而尋歡，透過引誘其他男人來證明自己的魅力，結果就「一失身成千古恨」。不論如何，人生就是這樣的一回事，無緣的情侶最終還是要分開，有緣的男女幾個月就能結爲連理。

「綠帽不怕戴，但要脫得快。」

孫昊音故作瀟灑地說。

COOKIE仍覺難以置信，因爲在她眼中，應該有一大票女人付錢也想倒貼和他結婚。

「這是多久前的事？」

「去年。」

「原來你在去年也失戀……」

COOKIE似乎想通了一些事。

難怪她跟他相處，總是覺得他的灑脫蘊藏惆悵，目光飽含抑鬱，整個人有股如深海般的孤寂感。

這間西式餐廳瀰漫高雅的氣氛，明明是浪漫的求婚地點……COOKIE突然有了鬼主意，雙手托著腮，笑容可掬向他撒嬌：

「我想你答應我一個任性的要求。」

「要求？」

「你先答應嘛！就當是給我的特別獎賞，我可是拚了老命才打敗了HELENA……你不是說今晚會實現我一切願望嗎？」

「哪有這樣的，難道妳叫我在這裡跳脫衣舞，我就要跳脫衣舞嗎？」

COOKIE就是撒嬌的本領好，又纏了一會，保證她這樣做是「用心良苦」，孫昊音才勉爲其難點了點頭。

「我想聽你彈鋼琴！我要聽你彈當時的求婚曲。」

孫昊音皺起了眉頭。

「嗄？現在？HERE？」

「求求你嘛……」

她這種楚楚動人的眼神，應該沒幾個男人能抗拒，會撒嬌的女人就是最好命。

孫昊音嘆了口氣，爲了滿足她的期待，便離席走向大堂中間的鋼琴。他的本性我行我素，也不在意旁人的目光，慢條斯理坐了下來。

不覺已一年。

耀目的水晶燈之下，孫昊音端莊地坐著，閉上眼，腦中的自己彷彿與過去的自己融爲一體，過耳不忘的音樂如留聲機般重播。

他衣袖一揮，沉睡的琴鍵就清醒過來。

輕輕的，緩緩的，琴音如優雅的燕子般飛舞，羽毛似的音符翩翩迴旋，然後在半空化爲情意綿綿的細雨。

一輩子說長不長，說短也不短，每個人都在尋找長相廝守的伴侶。

有的，幸運找到。

有的，曾經找到，但不幸錯過。

緣起緣滅，愛情來的時候，就會靜靜燃亮彼此的生命。今生今世，最難得是遇到一份值得感激的愛。

今生今世……

這首歌就是叫〈今生今世〉，在《金枝玉葉》這部經典電影裡，張國榮獨自彈唱這首鋼琴曲，成功挽救了一段戀情。

孫昊音卻失敗了。

經歷了那次失敗的戀愛，他就失去了愛的動力。

明明是一首很容易彈的曲子，按下琴鍵卻愈來愈吃力。原來他一直以爲自己放下了，痛苦的回憶仍像魔爪般縛著他。

音符凝在半空，孫昊音只彈了半首，就彈不下去了。

驀然回首——

只見眾目睽睽之下，COOKIE掀著裙襬站了起來，喊出了全場都聽得見的聲音：

「我願意！I DO！」

她淚眼婆娑的模樣，眞的令所有人都誤會是在求婚，紛紛致以歡騰的掌聲。

場面一發不可收拾。

孫昊音只是目不轉睛看著她。

兩人的目光對上了，如磁石般對上了。

16 星語心願

——今天、今天、星閃閃。

海邊的街燈彷彿在爲兩人引路，醺黃的燈光照得兩人暖烘烘的，世間萬物彷彿都是亮晶晶的。

在這片星辰下的沙灘，兩人漫步共度。

晚上漸寒，孫昊音穿上淺灰色的長身大衣，COOKIE披著出門時穿的薄棉外套。

由明天開始，COOKIE就要天天去電視台，開始爲星期六的決賽排練。在五星級飯店用完餐，她就要乘夜回去宿舍，打包替換的衣物，再入住電視台安排的飯店。

孫昊音於是說要送她回去宿舍。

「你肯定？宿舍可是在很遠的地方，荒蕪得鳥不生蛋。」

「荒蕪？妳是住在墳場的嗎？」

「我住在墳場的話，我就是一隻女鬼！」

COOKIE向他裝了個鬼臉。

他陪她坐高速船到長洲，再在碼頭轉乘接駁船。

距離開船還有半小時，兩人便過去附近的沙灘，脫掉鞋襪，在月光下的細沙上散步。

——繁星流動，和你同路。

可見的星星不多，但還是熠熠動人，孫昊音偶爾會想起芝加哥的夜空，那邊的星星真的多得填滿整片天幕。在外國望得見的星星，其實在香港也望得見，只是光害和污染蒙蔽了這一片天空。

孫昊音想起剛剛在飯店餐廳發生的事，仍覺心有餘悸。

「妳這個笨蛋老是亂來，真的不怕有人認出妳嗎？我是評審之一，決賽前妳和我鬧出緋聞，一定會有人質疑之前的賽果。而且，最尷尬是惹人誤會我當眾求……唉，算了……」

孫昊音吞下怪責她的話。

COOKIE一臉不在乎，笑得憨態迷人。

「回憶就像錄音帶上的磁條，我這樣做的目的，就是想幫你清洗那段不愉快的回憶。」

「這是甚麼怪比喻？」

「正如錄音帶可以重錄，新的回憶可以蓋住舊的回憶。剛剛我答應你的求婚，就是幫你錄上美滿的結局，以後當你再彈那首歌，你就會想起我，而不是那個女人。」

「妳眞有自信呢。」

「因爲這是我的經驗之談。」

「經驗之談？」

COOKIE欣然點了點頭。

「嗯。我之前失戀，但我很快就走出來了。因爲我遇見了你。記得當天在電話亭打電話給你，你安慰過我，要忘記一個人是不可能的，但我可以用另一個人來蓋過他的存在。只要我保持眞心，對自己有信心，上天就會讓我遇上更好的男人。」

孫昊音與她相視而笑。

「沒錯啊，傻女可教也……就算曾經遇見錯的人，也不要否定自己，更不要自暴自棄。就是多虧了那些不幸和失敗的經歷，才有了更好的自己。」

夜光時亮時暗，海風如同繞梁馳夜的小戀曲。

花好月明，星光熠熠。

COOKIE哼著愉快的小曲，挨近孫昊音走路。

柔情似水，佳期如夢。

「有個問題，我一直想問你。」

COOKIE傻嘻嘻地笑著說：

「當晚在屯門碼頭，我掉進海裡，如果眞的遇溺的話，你會幫我做人工呼吸嗎？」

「這麼吃虧的事我才不幹。」

「哦！難道你要看著我死掉嗎？」

孫昊音賊兮兮地笑著，這樣的假笑最是惹她生氣。

正當她掄起拳頭的時候，鼻頭感覺到濕濕的水點，未待那薄荷似的涼感沁入肌膚，又有水點落在頭髮、眼睛、脖子、掌心……

是毛毛雨。

帶點寒氣。

這是一場薄荷雨。

再浪漫的雨也是冷的，COOKIE微微發抖。

孫昊音脫下大衣，走近她，舉起隨風飄逸的大衣，由頭套到腰部，把她包成粽子似的，只露出領口一條小縫。

「謝謝你……」

她羞答答地說。

世界彷彿瀰漫著古董電視機般的雪斑。

路很寬，但他和她愈挨愈近，就像是水的黏性在作怪一樣，彼此快要黏貼對方的身體。

——就向流星許個心願，讓你知道我愛你。

沙灘上的足印正在往碼頭的方向。

「要不要喝水？」

「妳哪來的水？」

「I MEAN我的口水。」

「妳好無聊啊！」

傻少女即是傻少女，她總是說話不經大腦。

就是因爲直率，才顯出她的純眞，而在成人世界，這種純眞格外可愛。

「做人應該無聊時笑一下，有聊時笑一下，甚至大哭時都要笑一下。哈哈，你到底要不要我的口水呢？」

COOKIE居然眞的閉上眼睛，紅唇微微上揚。她本來是在搞笑，但忽然間含情脈脈，好像在向他索吻一樣。

孫昊音霎時冒出一個念頭——

如果她輸掉了決賽，他就可以名正言順和她交往。

到時候，他也沒有拒絕她的理由。

此情此景難爲情，她在等著他示愛，但他選擇了逃避，只是輕輕用手心摸了摸她的頭髮。

「時間差不多啦，我們快點走吧……這不是最後一班船嗎？錯過的話，妳要怎麼辦？」

他伸出手臂，借她看了看手錶，她才心甘情願地跟著走。

美好的時光在倒數。

他和她都有這樣的感覺。

兩人散步回到碼頭。

漆黑一片的大海駛來了白色的船，那是遊艇般大小的擺渡船。

□

船，起航了。

疾駛在急風簸盪的海面。

浪花滾動在甲板外的周邊。

「妳冷嗎？」

COOKIE搖了搖頭，她依然披著他的大衣。

「噯，衰人，告訴你……我曾經做過一件傻事，和你有關的傻事。」

「甚麼傻事？」

「我曾經上網做過占卜。我輸入了你和我的星座，結果顯示『最壞』……我和你是最壞的組合。」

孫昊音只覺得好氣又好笑。

「傻人眞是特別迷信哩……星座根本是用來騙人的，只有無知少女才會相信。」

「你才不懂呢……一對男女星星相襯，才不會有緣無分。」

她嘟起小嘴，別過了臉。

窗口的急風吹得她的頭髮亂了。

整個船艙只有他和她，哪怕他對她忽冷忽熱，她的心情還是滿愉快的。

「如果可以泡澡，今晚就完美了……以前，雖然我住在公屋，但公屋有個小浴缸。我眞懷念以前晚晚泡澡的日子！那是窮人的小幸福。」

COOKIE想要的幸福就是這麼簡單。

孫昊音看著船窗外的雨點，情不自禁地說：

「妳不是相信自己時來運轉嗎？現在的不開心很快就會過去。到妳長大了，一定會有很疼妳的人愛惜妳。」

不知是否有所誤會，COOKIE熱燙燙的目光望過來，令他有點難爲情，自覺不該給她任何假希望。

她跟他借手機，一看再看，都在看餐廳裡的合照。

「今晚眞的好難忘啊！我第一次去這麼浪漫的餐廳。不過，今天雖然是我第一次坐跑車，我還是比較喜歡你的老爺車。」

「嘿，今天開跑車載妳，我是想成爲妳回憶的一部分。有一天妳成名了，千萬不要忘記，我是第一個用跑車載過妳的男人。」

「我會記得你的。一輩子記得你。」

COOKIE說得堅決果斷。

她大眼透亮地看著他，一片至誠地說：

「謝謝你對我這麼好。我從來沒有這麼幸運過。所以，我很擔心魔法會失效，運氣會用盡……我很怕比賽之後，我和你就沒有理由再見面……我和你，好像是兩個世界的人。」

孫昊音欲言又止，最後選擇了沉默。

也許，他不該讓她看見他富有的一面，當她看見那個紙醉金迷的世界，一旦有了比較，就會開始自憐身世。

他望向外面，洪濁的天色之下，只有茫茫一片漆黑的大海。

船，快到站了。

雨，未停。

亮燈的小碼頭自遠端開始變大。

半分鐘之內就會靠岸。

有件事，孫昊音一直憋在心口，趁著今晚有機會，便開口勸說：

「COOKIE，我知道妳和爸爸關係不好。三年前，我爸爸反對我入行，我和他鬧翻，憤然離家出走……後來我證明了自己之後，也跟他和好了。」

COOKIE垂頭沉默不語。

「我覺得妳也可以和妳爸爸和好的……」

「你是想跟我說，天下無不是的父母嗎？」

她的反應好大。

孫昊音頓時語塞。

就在船員拋錨的時候，COOKIE向孫昊音借了手機來用。他還以為她要打電話，沒想到她只是用來搜尋網頁。

她沒有多說話，默默遞回了手機。

當孫昊音看見螢幕上的字，整個人呆住了。那是一種天旋地轉的震撼，全身力量彷彿被抽光，他無法說出一句話。

放眼望去——

碼頭通往一個恬靜的世界，那裡有茂林、茫霧和山巒，還有猶如輕聲細語的溪流。

晚風帶來一種無法解釋的悲傷。

一排鐵皮貨櫃屋佇立在綿綿細雨的綠林之中。

這裡恍如無人之境，荒蕪得遠超他的想像。

——妳是住在墳場的嗎？

孫昊音很後悔開了這種玩笑。

她是無家可歸的少女，她不是無家，只是有家歸不得，那個家是她最恐懼的地方。

坡上，那排鐵皮貨櫃屋就是她的宿舍。

「請你不要跟我過來。我不想你看見我醜陋的一面。」

當他聽到她的道別，一仰臉，只看見她的背影。

不知何時，COOKIE已立足在碼頭的石橋上。

——她彷彿在控制自己，不讓他看見她哭泣。

雨勢愈來愈大，她淋著雨，把他的大衣當成雨衣，孤伶伶的身影朝坡道上方走去。

接駁船慢慢駛離碼頭。

孫昊音站在船尾，目光離不開她的背影。

彷彿，她會回頭望向這邊。

彷彿，她會對他揮手微笑。

彷彿……

但一切都沒有發生，她的身影變得愈來愈小，遠方景物漸漸融入寂夜，轉眼隱沒在雷雨交加的大海。

——天下無不是的父母。

這番話可能傷害了她。

雨水大得濺濕了手機螢幕，亮著的螢幕顯示一個網頁，網頁屬於一個新聞網站。光是新聞的標題已經觸目驚心，令人起了雞皮疙瘩。

孫昊音的目光掠過正文，應該說他不敢細閱正文。

但他阻擋不了關鍵詞映入眼簾：

獸父。

性侵未遂。

有精液的廁紙。

父女私怨。

推翻口供。

無罪釋放。

17 千千闋歌

車窗外，瀝瀝雨夜。

孫昊音正開車前往電視台。

今晚就是總決賽的大日子。

前車窗的雨刷須要加快，才來得及掃走豆大的雨滴。

連續五天。

COOKIE都沒有打電話找他，他也沒有主動和她聯絡。

比賽到了決賽週的階段，她每天都要到電視台排練，而電視台爲了保持驚喜感，連導師都不准到後台探班。

她不找他，可能是忙得累趴，可能是尷尬難堪，也可能是在等他的電話……

他不找她，是因爲有不能說的祕密。

這陣子，孫昊音都過得迷迷糊糊的。

他的世界失去了她的聲音。

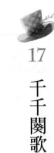

幾多個夜，曾經因爲掛心她的事，他到了一個失眠的地步。

他總是想起那則新聞，儘管新聞隱藏了受害少女的姓名，但COOKIE淒楚的神情是真的，整件事也是千眞萬確。她很善良，雖然無法原諒爸爸，但還是饒過了這個唯一的親人，在法庭上推翻了原來的口供。

前車窗映出風雨漫天的街景。

這時候，她應該正在後台的化妝間做準備。

——我是她的導師，至少要鼓勵她一下吧？

孫昊音一直猶豫不決，遲遲沒有撥出電話，只是怔怔地看著手邊置物架上的手機。他心煩意亂的時候，右手不停撥弄搖桿，老爺車的窗頂露出小縫，窗邊濺進了雨水。

陰天的密雲下是一街的暗燈。

車廂裡一片寧靜，只有雨滴打在車頂的答答聲。

「**老孫，我有事要跟你商量……**」

手機播出布歐的錄音留言。

星期三的時候，眾評審在私人俱樂部開會。孫昊音爲COOKIE付出的心血，布歐一直看在眼裡。孫昊音私下與布歐密談，問明白一些事，布歐也不忍心他被蒙在鼓裡，藉醉向他暗示了眞相。

——「星秀傳奇」有內定的冠軍。

由十六強會戰開始，孫昊音就有了這樣的猜疑。

可憐的COOKIE註定是陪襯的角色。

他心痛得無法呼吸。

他知道她在挑戰命運，她比誰都更加拚命練唱，但少女的希望終將化爲泡影。

他想起她楚楚可憐的背影。

世界不公平，有些人的人生處於逆境，極難得才遇上改變人生的契機，可是這樣的機會轉瞬即逝，當剎那的光輝變成燃盡的燭光，她又會回到原來的世界，一切又會打回原形。

她不是不夠潔身自愛，而是上天逼她走進了死胡同。

窮人無法翻身。

這城市還有沒有希望？

如果她這樣的年輕人出生在昔日的香港，她是一定可以成功的。無奈生不逢時，現在的歌手沒有足夠的生存空間……她有刑事紀錄，除非奪得冠軍頭銜，否則很難會有伯樂願意投資在她身上。

孫昊音看了看車前面板上的ＬＥＤ時鐘。

七時十五分，距離節目直播尚餘一小時四十五分。

決賽就在冷雨之後的晚上降臨。

雨漸緩。

前車窗只剩稀落的雨點。

車前閘口橫桿向上舉起。

在電視台的貴賓停車區，孫昊音倒車駛進停車格，下車鎖門，徑直走向恰好打開的電梯。

電梯往上升，直達頂層。

鋼門往兩邊掀開。

前面是一條長長的走廊。

孫昊音要去孟嬅的辦公室。

廊道裡的掛鐘顯示時間：

晚上七時三十分。

牆頂懸掛的電視機正在放映廣告：

「以前香港盛產甚麼？不是蛋撻，而是明星啊！我們辦這個比賽的目的，就是要從平民中發掘具有不凡天賦的新星！」

孟嬅講話的片段，再度在星秀傳奇的預告片中出現。

孫昊音面露不屑地說：

「都是騙人的。」

在這個虛偽的成人社會，愈是冠冕堂皇的話，愈有可能是欺世盜名的鬼話。

孫昊音就是討厭商業，所以才投身演藝界。

原來演藝界也一樣，潛規則無處不在。

廊道裡迴盪著皮鞋的腳步聲。

到了。

輕輕敲門。

門後傳出莊嚴的女聲：

「請進。」

孫昊音按住了門把，向下扭開，一開門就碰上孟嬅的目光。她正坐在黑色的靠背皮椅上，椅後是結霧的全景玻璃窗。

「孟姊，妳好。不好意思過來打擾。我只是想弄清楚一件事——COOKIE有可能是冠軍嗎？」

孫昊音說話的同時，輕輕關上了門，密室的空氣好像冷凍庫一樣。

孟嬅托了托眼鏡，目光凌厲地看過來。

「既然你知道了答案，就不要明知故問。」

「有沒有轉圜的餘地？」

孟嬅的目光忽然軟化了。

「這件事關乎整個電視台的命運。你以爲電視台能在大陸播放，我是用甚麼作爲交換條件？高官子女都跟老爹不同姓……我這樣說，你明白我的意思吧？」

她看穿了他，她說得這麼坦誠，他一定會保密的。

「我明白了。」

「這種選秀SHOW只是娛樂節目，何必太認眞呢？好不好聽，本來就是很主觀的事，聽眾也聽不出那點微妙的差別。歌手不走音就夠了，好聲音是重要，但娛樂性更加重要。」

——是的，老闆娘說的沒錯，只是我太天眞了。

孫昊音必須接受現實。

大眾只會記住第一名，即使COOKIE奪得了第二名，獎金也只有三萬元。

「在過去二十年，演藝圈的規則早就改變了。要成功，靠的是實力，還是靠關係，你也心知肚明吧？我所做的一切都是爲了電視台，希望你能體諒我的苦衷。」

正是這種扭曲的遊戲規則，才令本地樂壇失去昔日的輝煌。

在這個荒謬的城市，當荒謬的事一一變成常態，人性亦會漸漸麻木不仁。人類的本能就是逆來順受，如入鮑魚之肆，久而不聞其臭，每個人都可以裝出若無其事的假臉。

好不容易，他看到了一束星星之火，有可能帶來一點改變，但眼前這束小火快將熄滅……

「本來我答應了要保密，但我還是想告訴你，星期一的上午，COOKIE來找過我。就是五天前的星期一。」

孟嬅說出一番令人意外的話。

「她找過妳？」

「她向我坦承假冒資格參賽的事。道歉之後，她懇求我不要讓她奪冠，等到觀眾淡忘，整件事就會平息。就算取消了她的獎金也無所謂。還有啊，她誠心誠意求我，希望我可以讓她繼續今晚的演出，讓她在觀眾的心中留下美好的形象。」

這個傻女……

她就是這麼單純的人。

——那一晚，她向我交代自己的過去，就是希望我會接納眞正的她吧？

門。

一道又一道的門。

眼前又是長長的廊道。

彷彿經歷了蒙太奇式的記憶剪接，孫昊音一恍神就到達了這裡，中間經過了後樓梯間。

錄影廠內，他拿出手機來看，竟發現了一則看漏眼的短訊。

發訊人：傻女。

〈夜夜漫漫〉

夜夜漫漫
慢慢沾濕了淚幔
在你面前
像隻傻瓜扭蛋

模糊記住

LOVE的車牌號碼

留你身邊

直．至．蒸．發

賽前，她傳來這樣的短訊，就是想得到他的關心吧？

手機螢幕顯示的時間是八時整。

廊道末端——

女歌手的化妝間就在眼前。

隔著門，她就在裡面。

孫昊音站在外面，打出一通電話。

「喂？妳好嗎？一切還好吧？」

這是很冷淡的開場白，連他也弄不清自己的想法。

「你這個衰人！怎麼現在才找我！」

「又沒有發生甚麼意外，我幹嘛要找妳啊？」

他故意裝出輕鬆的口吻。

兩秒之後，她的話聲隔著手機傳來：

「哼，你怎麼知道沒有意外？我最近出了一個意外，只是沒告訴你。」

「甚麼意外？」

「我意外愛上你。」

孫昊音沒料到她還有心情亂說話。

是表白？是試探？

不管如何，他決定要裝傻。

「一年三百六十五日，每天都有人愛上我，呵，我也習慣了。傻女，妳好好準備比賽，不要胡思亂想。」

「衰人，你的反應眞是過分……請你放心吧！我會盡力演出，做到最好！」

這一次，她沒有像以前一樣，嚷著要他給她勝利的獎賞——因爲她知道一定不會贏的。

孫昊音講完一聲「加油」，就以音速掛線了，因爲他實在忍不住嘆氣，更說不出虛情假意的話。

他去了自己的專屬化妝室。

化妝室裡有今晚要穿的禮服，還有冷冰冰的金屬面罩。

戴上面罩之後，孫昊音對著鏡子苦笑。

八時五十五分。

時間到了，他就在鎂光燈中登場，走過了紅地毯，來到了觀眾區。

在千名觀眾殷切的目光之中，他走向評審席。

耳機傳來：「ACTION！」

節目開始直播。

□

「大家好！我是形象百變、能歌善舞的『舞若久』！」

「因爲我的頭很大，朋友都叫我『冬瓜』。」

「……」

曲面大螢幕播出一眾參賽者的精華片段，只要是曾經入選的參賽者，都會被邀請來觀賞總決賽的演出。

誰都看出影片的重點人物是倪剛和COOKIE，插映兩人有血有淚的過關歷程（倪剛曾在排練時被紙刮到手，要貼ＯＫ繃止血），到最後終於在總決賽對決。

這一切一切，都是爲了呈現追夢的感覺，讓觀眾產生憧憬和共鳴。

所謂的比賽原來是一場大騙局。

倪剛是內定的冠軍。

夢想只是鏡花水月，永遠撈不到的泡沫。

場內直播，觀眾歡呼。

今晚的舞台呈現絢麗的特效，觀眾席上方的射燈五光十色，但孫昊音無心欣賞。

第一位歌手登場，表現乏善可陳，這種歌手能進決賽根本只是幸運，沒在淘汰賽遇上強勁的敵手。

孫昊音心不在焉，也沒在意第二位歌手的演出。

布歐很賣力地逗他說話，但他的答案都是一句起兩句止。結果布歐就當他吃了啞藥，避重就輕地略過話題。

下一個輪到COOKIE登場，最後是倪剛的演出。

在此之前是插播廣告的時間。

場內觀眾可以觀賞特輯影片，影片主題是叱吒樂壇的香港女歌手，一首首悅耳的女聲流行曲洋洋盈耳。

孫昊音忽然站了起來。

「我憋不住了，要去一趟洗手間。」

就在布歐、白玟等人疑惑的目光中，孫昊音轉身離開，腳步匆匆闖進了閒人勿進的禁區。

錄影廠的後台比想像中大。

封閉的廊道通向未知的未來。

平滑的地板卻像泥潭般崎嶇。

前方有個男人——

倪剛。

他穿著亮閃閃的舞台服，一件立領背心披風鑲滿亮片，鑽石般的反光閃爍得令人目眩，全身花藍菱紋亦令人眼花繚亂。

「嗨！」

倪剛遠遠就向孫昊音打招呼。

熊貓也會發火，孫昊音含怒瞪著倪剛，氣沖沖地說：

「那封匿名信，就是你寄給我的吧？你這種人，眞的很愛在背後搞小動作。」

倪剛沒回答，只露出傲邪的笑容。

他聽得懂是怎麼回事，間接就是默認。

一切都按照倪剛的劇本進行。

這個男人很會玩手段，有心導向COOKIE和HELENA鷸蚌相爭的局面，然後不管誰勝誰負，都會淪爲襯托他摘冠的陪襯角色。

布歐曾露口風，準決賽加入公眾投票的環節，目的是造出公平公正及具公信力的假象，實際上有一小撮「做媒」的觀眾。總票數是一百零一張，只要倪剛有二十至三十張鐵票，此長彼消之下，已可立於不敗之地。

——布歐和歌神經常都會幫倪剛講話。

孫昊音對倪剛冷言冷語：

「你贏得了比賽，但你不會贏得人心。」

「啥？」

時間無多，孫昊音懶得和這個爛人糾纏，逕自推開雙扉門，就來到通往後台的縱向走道。

九十度轉角，往左。

燈光溜進去的門口就是舞台的預備區。

孫昊音脫下了面罩，穿過了門框。

門後，有條不紊的嘈嘈嘈嘈。

選手準備區那邊，COOKIE和伴舞舞者正整裝待發。今晚她穿上華麗的表演服，熠熠生輝的「A」字形長裙，襯上色彩變幻的亮麗小串珠與亮片，就好像童話中的灰姑娘修成正果，即將參加夢想的婚禮。

她看過來這邊，略顯詫異他的到來。

孫昊音心有千千語，這一刻卻欲言又止，無語間，他向她展現出深情的微笑。

他的皮鞋踏地叩叩作響。

一步接著一步，終於來到她的面前。

COOKIE露出了最燦爛的笑容。

「你幹嘛過來了？是節目要求嗎？」

她問得有點靦腆。

孫昊音搖了搖頭，一雙眼仍在凝望著她。

「如果我跟妳說，要是妳今晚輸掉，我就會讓妳做我的女友——妳會接受這樣的獎勵條件嗎？」

不只是她，旁人聽到孫昊音的話，都顯得相當驚訝。

「你在說甚麼傻話？衰人，你是覺得我一定會輸嘍？」

孫昊音凝望著她，臉上找不到合適的表情。

COOKIE頓了一頓，又再說下去：

「就算我輸定了，這也不要緊，我仍然要豁盡我的所有，燃燒生命做出最棒的演出。贏不贏不再重要，我已改變了我的初衷。」

她說話的時候，情深款款地看著孫昊音。此情此景，孫昊音不禁回想過去兩個月一起練唱的日子，就像作了一場美夢。

童話中的灰姑娘沒有付出努力，純粹靠運氣就獲得了幸福。

現實中的灰姑娘比誰都努力，她卻註定要失敗。

殘酷的世界需要童話，需要她這樣的勵志故事，世人才會對未來重燃憧憬和盼望。

「我最喜歡唱歌了。因爲在我唱歌的時候，才會有被愛的感覺。衰人，你要好好看著我。

我要你永遠記住我——今晚，我將會化作星光。」

這番話是她最真摯的心聲。

話音一落，銀飾閃閃的長裙舞擺，迎向舞台的方向。

孫昊音怔怔看著她的背影。

會場正好響起配樂——

來日縱使千千晚星
亮過今晚月亮
都比不起這宵美麗

她的背影美得令人畢生難忘。

原來……

「完全因你，重燃希望……」

那天她唱得不夠好，他只是頻頻皺眉，竟然忽略了憑歌寄意的深情。

這才是她的初衷，她一直都是為愛情而歌唱。

她為了他的愛——而歌唱。

啊，因你今晚共我唱

「這個傻女……」

孫昊音釋懷地笑了，不再是強顏歡笑。

他只需要做的一件事，就是默默聽著她唱歌，像平時一樣，回到評審席上，全心全意看著

她最精彩的演出……

18 TO LOVE YOU MORE

等到孫昊音回座時，鏡頭才拍向他那一邊，所以電視機前的觀眾根本不知道他曾經離席。

他一坐下，不到一秒，舞台就開演了。

到了最後一週，導師都不用跟學員見面，甚至連學員要唱甚麼歌都不曉得。照節目總監的說法，這樣做是爲了保持神祕感。

舞台亮起了雷射幻光，艷紫和青霞在上空交織，如同極光橫跨的天幕。

四周黑漫漫的，只聽見觀眾氣吁吁的呼吸聲。

小提琴前奏響起。

孫昊音一聽見前奏，便知道演唱曲目是〈TO LOVE YOU MORE〉，這是西方流行曲天后CELINE DION的「名曲」。

歌手到了總決賽，會唱一首英文歌和一首中文歌。

圓形的升降舞台徐徐升起。

升降舞台下層亮光灼灼，如輪軸轉動的走馬燈，流光溢彩的光環裡走出一個個伴舞舞者，雙雙對對追逐炫舞。

台上，奇幻綠光照著徐徐抬頭的COOKIE，羅裙裊裊彩霞間。明明主色是白色的洋裝長裙，卻好像有了五顏六色，著實耀目得令人感動。

她用漾著笑意的眼眸看著觀眾。

今晚的她是多麼的美麗、自信和閃爍！

Take me back into the arms I love

當她歌喉遽發，柔聲破繭而出，勝似斑斕的鳳蝶，在席間輕歌曼舞，不多久又奮翅高飛。一息間，強音綻放，有如海上煙火，變化莫測的美聲往四處散開，精妙絕倫到了極點。

觀眾都有這樣的感覺——

眼前的演出一點也不像是歌唱比賽，反而像是COOKIE的個人演唱會。

I'll be waiting for you here inside my heart

I'm the one who wants to love you more

高潮迭起，石破天驚的歌聲劈天蓋地鋪下來。

舞台同時呈現華麗的燈光與彩帶效果。

歌聲繼續以磅礡之勢席捲全場，猶如星塵爆破，震撼每個人的耳膜。如入夢幻之境，她就像一顆光芒萬丈的巨星，極具爆炸力的歌聲就像無盡的黑洞，又似冰山大火，以鬼斧神工的魔力煽動靈魂深處的情感。

何其明亮！何其悅耳！

布歐一個勁張著嘴呵氣，歌神抖肩抖到失控，白玫和何仙姑圓瞪著眼對望，連嚴肅的嚴老師都忍不住拍腿驚歎。

孫昊音戴著面罩，但眼洞裡可見他波光流動的瞳孔。

西洋的女歌星得天獨厚，有華裔歌手罕見的音域，但COOKIE的歌喉練到了爐火純青的地步，竟然可以達致同等厲害的程度。

副歌一結束，她演唱的間奏也有說不出的好聽，配合現場漸亮的燈光效果，天籟之聲就像天燈一樣，飄向浩瀚的宇宙。

光弧在她身上流動的瞬間，她的臉上也露出令人融化的深情，彷彿與所有觀眾四目交投，眉眼傳情心靈互動。

所有人都聽得如痴如醉，乃至頭皮發痲。

歌曲接近尾聲，她一鼓作氣之下，唱出三段式的海豚音——海豚音是非自然的咽音，聲帶不震動，就像吹響的哨子一樣。

亞洲目前會唱海豚音而不刺耳的歌手，真的寥寥可數，眼前舞台上居然就有一位，布歐等評審無不聳然動容，觀眾更加是讚歎不絕。

如今的她，好像潛力全開的歌后。

直到燈光全亮，大家才如夢初醒，驚覺演唱完畢。

雖然只有一千名觀眾，但掌聲大得不輸千軍萬馬，叫好之聲亦震天價響。有的觀眾竟然在叫「ENCORE」，他們似乎忘記歌手還要唱一首中文歌。

等到掌聲稍歇，台上的COOKIE才唸出獨白：

「你們有沒有遇過一個人，他突如其來走進你的生命裡，然後改變你的一生？」

等到觀眾屏聲斂息，她才再啓朱唇。

「我要特別感謝一個人，這個人就是我的導師孫昊音——沒有他，就沒有今晚的我！我這首歌就是獻給他的！」

下一首歌的前奏輕輕響起。
孫昊音再熟悉不過。
她要唱的中文歌正是由他填詞的歌。

世上有許多畢生難忘的溫柔
亦有許多無法解釋的猜度
但是我對妳的承諾
並不存在任何陰謀
答應妳　只因為我相信

宇宙之間萬鈞浩瀚的星象
寒夜薄荷雨縷縷的風塵
那晚的街道只有兩人
晚風輕送漸漸靠近
擁抱妳　只因為我很想

曾經存在愚蠢的幻想
曾經憧憬撫妳白頭的某日
愛妳而深深的躲藏
直至埋葬了緣分
遙望妳　只因為我深愛

啊，因為我深愛……

戀戀心心深深埋在我的心
從此與你深深相印
牢牢扣住LOVE的迴紋針
自此以後永、不、分、開

只要是聽過這首歌的人，都會知道她唱錯了歌詞。

直到這一刻，孫昊音方始恍然大悟，她自稱獨創的「曲奇詞體」，原來是改編自他以前填過的歌詞。

她故意唱錯歌詞，就是要對他說出愛的宣言。

——贏不贏不再重要，我已改變了我的初衷。

由他擔當COOKIE的導師以來，她都一直乖乖聽他的話，唯一的堅持就是選曲。〈夕陽之歌〉、〈完全因你〉、〈喜歡你〉……還有今晚的〈TO LOVE YOU MORE〉，他終於徹悟她蘊藉含蓄的情意，每首歌都是她最真摯的心聲。

——我要你永遠記住我。

她追求的不是錢，也不是成果，她追求的是自己的生存價值。正是這樣的執念，才令她變得像流星一樣耀目，哪怕只有一閃即逝的光芒。

孫昊音是個不容易動情的男人。

除了拔鼻毛的時候，他很少會哭。

但這瞬間他感到兩眼濕濕的，拭了拭眼睛，真的拭出了暖膚的熱淚。

香港是個功利的社會，人人只追求成果和利益，但不代表人人都是這樣。總有一些人活得像漆黑中的螢火蟲。

孫昊音相信，隨著歲月的流逝和時代的更迭，成敗結果只會轉頭成空，唯有生命的光輝可以值得歌頌。

就像雋永流傳的金曲，一代又一代照亮人心。

很多人都說，那些夢想都只是泡沫。

這又如何？

再亮眼的星，也終有一天墜落，就算是泡沫，也可以是美麗的泡沫。

輸了又怎樣？

哪怕閃爍只是剎那的光輝，誰都會記得那剎那的光輝。

誰都會記得今晚這一幕。

當她飆出最後的高音，周圍的牆壁彷彿都在搖晃，她的氣量彷彿無窮無盡，一股濤怒湍急的氣流淹沒每個角落。

然後，整片世界好像宇宙毀滅一樣地沒入黑暗，寞天寂地，萬籟蕭條無聲。

曲終的一刻，她也幻化為星光——

□

台上空蕩蕩的，就像觀眾空虛的心情一樣。

只有看過現場演唱會的人，才能體會那種興奮得虛脫的快感，環繞音響的震撼亦是非同凡響。

人人都在回味COOKIE的演唱。

猶記得，當時燈光熄了，掌聲經久不息，更有人淚水止不住似地流下。

「COOKIE一定是冠軍！我已成爲她的鐵粉！」

觀眾席間蔓延著這樣的耳語。

倪剛方才在台上熱歌熱舞，唱功和舞蹈都是專業水準，與伴舞舞者合作無間，令人很難置信光是排練一星期就有這樣的成果。

可是，既有COOKIE珠玉般的超精彩演唱在前，倪剛的演唱就顯得遜色得多，套一句成語，就是「相形見絀」。

評審團退席閉門討論，台上的餘興節目簡直就像殘羹剩飯，令人不禁扼腕，發出不看也罷的興嘆。

舞台燈光全亮。

頒布賽果的時間。

觀眾立即引頸翹望。

側門那邊，評審們逐一出來，白玟和何仙姑滿臉堆笑，歌神悠然自得，嚴老師板著臉，戴著面罩的孫昊音仍舊不露面色。

至於布歐的表情最是微妙，皮笑肉不笑，令人無從捉摸。

音響播出間場的音效。

「有請我們的歌手出場！」

當一眾歌手登台，觀眾都發出熱烈無比的喝采聲，尤其是向著COOKIE所在的方向。

「好緊張喔！」

不知哪來的絮語，說出每個人的心聲。

到底冠軍花落誰家？

「有請布歐上台，為我們宣布賽果！」

主持人退位，布歐就在萬眾期待的目光中信步上台。布歐平時愛穿嘻哈風的寬鬆襯衫，難得今天盛裝打扮，穿著帥氣的直紋束腰西裝。

首先是頒發第三名的獎盃。

「我現在宣布星秀傳奇的銅獎得主——登登登登，恭喜你，家明！」

WHO'S家明？

有一撮觀眾彷彿第一次聽到這個名字。

家明上前鞠躬之後，便接過性感妙女郎遞過來的銅色盃座，也沒有發表感言的機會。由他的表情可見，本人也對這樣的賽果心服口服。

全場靜得凜然。

不管布歐首先宣布第二名，抑或是直接公告冠軍得主，最終名次還是昭然若揭。雖然台上有三名歌手，但其中一人的存在感近乎無名氏，如果倪剛得第二名，第一名就必定是COOKIE。

就在布歐張嘴啓齒之際，寂靜的場內忽然響起白玟的叫聲：「布歐，你快過來！」眾人朝白玟那邊望去，只見她手上拿著發光的手機。

「請大家給我一分鐘的時間，我有事要和其他評審商量一下……」

布歐一邊說話，一邊連奔帶跳地下台，誰也想不到他肥胖的身軀居然動如脫兔。

就在觀眾愕然之際，布歐似乎想到了甚麼，竟然再度開腔：

「老孫，COOKIE是你最出色的學生，在此請你幫忙撐一下場面，請你對COOKIE發表幾句感言。」

這段突然的小插曲造出意想不到的節目效果。

在觀眾之間，孫昊音傲然站立，帥氣的西裝就像是戰袍。

他用平靜的語氣，說出一番肺腑之言：

「演藝圈是夢工場，有工場就有商品……但明星不只是商品，他們都擁有他們的靈魂。香港是個小小的地方，但這裡誕生了眾多星光熠熠的歌星，那些雋永長存的歌曲和他們的美聲，都陪伴我們入睡，爲每一個人帶來了美夢。他們的歌聲能感動我們，乃是因爲他們都是用靈魂在唱歌……」

觀眾默默看著台下的孫昊音。

鐵面王子正在抬頭凝望台上的COOKIE。

「大眾只會記住第一名……這句話是對的，但未必完全正確。我們都會記得陪伴過我們的好聲音。今晚，在所有觀眾心中，妳就是第一名，眞正的第一名，每個人——包括我——都會記住妳在台上的光芒。」

主持人的面色好像有一下煞白。

布歐懂得瞬間移動本領般，一眨眼間，他又站在了台上。

主持人樂得猛扯著蝴蝶領帶，笑著打岔：

「好啦、好啦……我們現在把時間交回給布歐。」

布歐先是向所有觀眾致歉：

「抱歉耽誤了大家的寶貴光陰。好了——我現在要正式宣布——經過我們眾評審一致的共識——星秀傳奇的冠軍——」

隔了令人窒息的兩秒，布歐才大聲喊出來：

「恭喜你！倪剛！冠軍就是你！」

倪剛贏了!?

觀眾一陣詫然。

這樣的死寂持續了數秒，一呼百應的噓聲接踵而至，全場彷彿暴動似的聒噪。

「媽的！造馬！」

居然連大陸來的觀眾都看不過眼，發出普通話和粵語方言夾雜的怒罵。

場面一時相當尷尬，倪剛本已張開了雙臂，沒想到掌聲稀落得好像有氣無力的乞丐叫喊。

「我知道倪剛和COOKIE各有粉絲，大家都希望自己支持的歌手獲勝……」

布歐急忙撲火，但噓聲變得愈來愈大。這時候，性感妙女郎拿來了銀獎的盃座，布歐索性充耳不聞，直接用廣播的語音來壓倒眾聲。

「很對不起，COOKIE，妳只是第二名。對我們來說，這是個很艱難的決定。雖然妳不是冠軍，妳的天分和妳對唱歌的熱誠，都令我們六位評審深受感動……」

COOKIE微笑點頭。

「我很高興。」

她臉上毫無半分失望之情，彷彿這是求仁得仁的結果。

布歐用溫柔的眼神看著她。

「我們都認爲妳很有潛質，覺得妳是可造之材，所以我們想頒一個特別獎給妳——妳想去首爾演藝大學讀書嗎？這間大學是亞洲首屈一指的明星訓練所，出過不少蜚聲國際的天王巨星。」

COOKIE瞪大了雙眼。

布歐微笑。

「那邊的校長和我有交情，他今晚看了直播，很欣賞妳的表現。剛剛我收到他傳過來的短訊——他答應讓妳入學，還可以給妳獎學金。」

COOKIE驚喜交集，一時不知如何回應。

現場的噓聲變爲了歡呼聲，所有觀眾紛紛起立爲她喝采和鼓掌。

舞台上撒下彩帶。

由於時間關係，節目就此結束。

電視機前的觀眾看不到之後的事，所有熱烈的掌聲都獻給了COOKIE。反而倪剛就像一坨冷掉的煎堆被冷落在另一邊，呆呆捧著鍍金金盃，臉上一陣青一陣白。

歡騰的氣氛一時無兩，輸家比贏家更受矚目，這是何等諷刺的世態。

幾百名觀眾簇擁著COOKIE，向她要求合照和索取簽名，鼓勵她將來踏上星途。白玟和嚴老師都過來送上眞摯的祝福，祝她前程似錦。也有記者過來邀請她做訪談，但她都一直心不在焉。

COOKIE的目光在搜索一個人。

他在那邊。

燈光照著的遠處，他遠離了熱鬧的人群，獨自徐行，背影漸漸消失在門口的黑暗裡……

Fin.
到達妳心室的巴士是甚麼號碼？
漫漫長夜的細雨有甚麼密函？
月亮怎麼圓圓的不會融化？
郵筒怎麼紅紅的總是沉默？
I'll be waiting for you here inside my heart...

孫昊音踏著灰色的軌跡，沿著後台走廊離去。

有很多愛情，都是錯在有個錯誤的開始。

當他自覺功成身退，就是消失的時候。

他相信，COOKIE將來會成功的。

布歐不是聾的，他也在她身上看見未來樂壇的希望。當孫昊音得知了眞相，想了一整夜，就拜託布歐幫忙。布歐也慷慨赴義，刷盡了人情牌，其中一著就是將COOKIE的演唱影片寄給演藝大學的校長。

縱使世界是黑暗的，還是有人爲這樣的世界付出，希望在黑暗之中燃亮一簇火。

免試入學是眞的，但獎學金卻是虛構的。

這筆錢都由孫昊音私人贊助，他早就跟布歐約定，如果成事，他就要當協助她求學的「贊助商」。以COOKIE的性格，她未必會接受這樣的事，而他也擔心在她身邊會露餡，所以就選擇了離她而去。

——假如他和她是戀人，傳媒一旦揭發這樣的事，恐怕會釀成醜聞，比方說「昔日導師包養學員」諸如此類，甚麼難聽的故事都可杜撰出來。

他能做到的事有限，對她來說這是最好的結果吧……

「袁人——」

有人在背後叫住了他。

就算不用回頭，他也知道是她追來了。

耳邊彷彿響起了風一般的歌聲——

隨風輕輕吹到　你步進了我的心

在一息間　改變我一生

他腦中浮現當晚KTV包廂裡的情景。

這種人生的改變是相對的，不僅是他改變了她，她也改變了他。

後台的走廊彷彿是浮光掠影的時光隧道。

回憶的沙漏在倒數。

他想起曾和她夜深人靜練唱，曾和她在繾綣的星光下聽同一首歌，曾在眾目睽睽之下爲她彈奏求婚曲……是她的歌聲，夜夜陪伴他入夢……是她的天眞，令他重拾愛的勇氣。

一切都很美，但他選擇了離去。

他很了解她，她爲愛痴爲愛狂，可以爲愛情放棄自己當歌星的未來。

後台的走廊上只有兩人。

COOKIE追上來了，他也不得不回頭。

「袞人，等等我嘛！你怎麼一聲不響走了？」

他知道，她就是在等比賽結束，一有機會就會向他表白心跡。

孫昊音脫下了面罩，與她雙目相對。

「妳不是說過嗎？我只是妳的地下枕頭，在妳最需要的時候才出現。現在妳可以靠自己的力量，去追尋自己的夢想，我也是時候功成身退。」

「可是……我……」

「答應我，去到那邊，妳要繼續努力。妳要學的東西還多著呢！一年、兩年……我會期待妳的出道。」

他感激天意，讓他當晚在碼頭碰著她。

縱使只能是苦澀的愛情，他也慶幸曾燃亮她的人生。

他知道，只要他開口，他就可以佔有她。

也許，當她成功出道，如果她還沒有情人，他會對她展開追求。

他肯定，現在絕對不是那個時候。

抹乾眼眸裡　亮晶的眼淚
吹啊吹　讓這風吹

後台的走廊上多了一個人。

竟然是HELENA。

孫昊音走近HELENA，是他叫她來這裡的。他輕輕摟住了HELENA的肩膀，對COOKIE說出殘忍的話：

「抱歉，因爲我怕影響妳比賽的表現，有件事一直瞞著妳……其實，我已經有深愛的人。我和她的關係一直不能曝光。妳是那麼傻的女孩……我不忍心傷害妳。」

男人對女人絕情冷淡，有兩種可能性，一種是眞的想跟她分手……另一種可能性，就是他希望她可以有更好的未來。

HELENA默默無言，只是用惆悵的眼神瞅過來。

孫昊音留意COOKIE的表情變化……現在她垂頭喪氣，根本不會當面質疑，很容易就會信以爲眞。

雖然只是短短兩個月，但感覺好像過了兩年，他對她的好感以細菌繁殖的速度遞增，兩人共同作了一個美夢，擦亮了彼此的人生。

「謝謝妳帶給我的一切。我會記住妳的，永遠記住陪伴我作夢的歌聲。後會有期——」

也不知她有沒有聽清楚，她只是背著他哽咽：

「後會有期……」

孫昊音目送她楚楚動人的背影，就像那晚在船上一樣，他也是在那時候心意已決。

等待的愛情是最美麗的。

他不會忘記她的。

有些人，縱使無法在一起，也會魂牽夢縈一輩子。

吹啊吹　讓這風吹
哀傷通通帶走　管風裡是誰

孫昊音沒有挽留她。

他看著她，腦中驀然浮現徐志摩的詩句——

你我相逢在黑夜的海上……

你有你的，我有我的，方向……

後台的牆壁上有兩個箭頭，一邊通往舞台的左邊，一邊通往舞台的右邊，就算各自走往不同的方向，最後都會在舞台上重逢。

——某年某月我們一定會再相遇。

某一天，他和她會再擁抱。

今生今世，他不會忘記——

這交會時互放的光亮。

《我是妳的地下枕頭》完

香港版後記

自從去年我出席香港書展，獲主辦方認定是可以代表香港的愛情小說作家，我就相信自己有可能在本地流行文學界留一席位。

於是，我也有了心血來潮的念頭，要寫一本極富香港特色的愛情小說。靈感接踵而至，我很快就聯想到粵語歌。

在十三億人的心中，粵語金曲有炳若日星的地位，也許就跟「唐詩」和「宋詞」一樣，在數百年後會成爲一門文化傳承的美學，黃霑和林夕等塡詞人將會被封爲文學家。

我又想到《我是妳的地下枕頭》這本舊作。

這是我出道初期的作品，當年還辦過「曲奇詩體」的徵稿活動，收到幾百封親筆書寫的讀者信，至今我仍妥善保存在老家的百寶箱裡。

雖然書名一模一樣，但讀過舊作的朋友都會發現，這次的全新版是截然不同的作品。我只是借用了男主角是塡詞人這身分，來串聯出整個和歌唱比賽相關的故事。除了保留主角名字和重要元素，基本上是全新創作，章節名稱亦全部改用粵語歌名來命名，大都是引用了女歌星的名曲。

無奈我要顧及章名與故事貼題，所以倘若你深愛的女歌星沒被我提及，我亦在此向你賠罪，因爲昔日的樂壇眞的太輝煌了，好歌實在是多不勝數。

捫心自問，我重讀舊版，感想就是「不堪入目」。爲免在自己的寫作生涯留下污點，我是非砍掉重寫不可的了。還望各位讀友能體會我賦予給新版的全新意義。

時代背景不同，寫出來的東西也不一樣。

有時候，我寫作是爲了紀念屬於我的時代。

今年適逢「平成年代」的終結。

「平成年代」就是我成長的年代，與我同輩的人都看著錄音帶被淘汰，VCD面世不久，DVD橫空而出……

那個時代有多美好？

美好到大街小巷開滿了唱片店，樂迷會借大片的LD光碟回家唱卡拉OK，年輕人都愛聽電台，聽著流行曲入睡……

歌舞昇平，我那一代的學生幾乎不問政事。哪像現在——這個六月，香港發生有史以來最大規模的示威和遊行。雖然是不幸的憾事，但我看見了人性最美麗的光輝。

香港讓我有再一次戀愛的感覺。

法律是英國留給香港最大的遺產，這也是香港必須死守的底線。這種大是大非如此明顯的議題，何須保持沉默？只是不知由何時開始，我們漸漸活在了恐懼之中。

我又想起那個我懷念的樂壇。

如果梅艷芳、張國榮、黃家駒尚在人世……他們一定會爲年輕人仗義執言。

寫作本故事之際，恰好見證了香港的動盪，令我反思何謂香港精神。在我心中，香港精神就是一股迎難而上、自強不息的精神，愈是逆境愈要堅強，只有不屈不撓才能改變命運。

故此，我亦希望透過這故事表達出這一種精神。

我說過，我會永遠跟年輕人在一起。

就算我到了九十九歲，我還是會站在年輕人的一方。

謹將此書獻給——

我所愛的香港！

天航

二〇一九年六月

台版誌【劇透慎入】

我早年憑純愛系愛情小說出道，當年銷量驚人到我可以脫貧，不用負債就唸完大學（當年的大學學費約十六萬台幣一年）。香港書展於二〇一八年將年度主題定案爲「愛情文學」，銷量即大眾認可的指標，主辦方應該是顧及這一點，就將我選入代表香港的作家之列。

我的愛情小說都有個很明顯的特色，就是男、女主角「發乎情，止於禮」，都會因爲愛情而成長或提高學業成績。故此，就算按照中國大陸現時最嚴格的審查標準，我的愛情小說應該也不會是禁書。

我一直很想寫一本極富香港特色的愛情小說。

就像美國中學生必讀的《大亨小傳》，表面上只是描述一段富豪與貴婦的不倫之戀，一般讀者又哪能意會此書隱喻了「美國夢的驚醒」？作者費茲傑羅寫出屬於他那個時代的時代精神，現代圖書館編輯委員更將此書評選爲「最偉大的美國小說」。

甚麼是時代精神？

在我眼中，就是維繫一代人的價值觀。

很多老一輩的台灣人對香港人有偏見，覺得香港人都很勢利。這麼說好了，世界哪裡都有唯利是圖的自私鬼，這種人在香港亦確實特別多。但這些都只是表象，眞正藏在「眞．香港人」靈魂裡的力量，就是一種我們稱爲「獅子山精神」的信念。不屈不撓和奮發圖強，這兩點正是「獅子山精神」的眞髓，但當中最重要的外在條件，就是整個社會有個公平的制度，任何人只要肯努力就會有回報。

我用了這種精神作爲原型，塑造出故事中的女主角。小時候，COOKIE努力練唱，但她還是徒勞無功，無法拯救爸爸的店。五年後，她捲土重來，儘管還是難逃失敗的宿命，但她至少贏得了民心。

一九九七回歸之後，香港亦漸漸改變了。

除了地產和金融行業，其他事業都很難致富。草根出生的年輕人不靠炒樓和投機取巧，根本很難過上好日子。甚麼「努力會有回報」，都是利益既得的大人騙小孩的鬼話。

在香港人價值觀崩壞的同時，近年的政治迫害亦沒完沒了，我們看到的是有理念改變香港的志士，他們都一一鋃鐺入獄。

到了今年六月，香港政府自恃強權無敵，打算強行通過「逃犯條例」。只要條例一過，中國政府就有權將香港人押回大陸受審，在大陸服刑。當年英國答應將香港交還中共，雙方簽署《中英聯合聲明》，保障香港擁有獨立的司法制度。

於是，香港人都憤怒了。

「逃犯條例」只是導火線，怒火的燃料都來自積壓多年的民怨。

我永遠不會忘記這兩個月的動盪。

血雨腥風，淚彈滿城。

那些抗爭的年輕人，冒著要坐牢好幾年的風險，紛紛參與一場又一場的抗爭運動。我願意相信，他們這樣做，只是為了公義，為了自由，為了一個更美好的香港。他們流滿汗，流滿淚，也流滿了血。

倘若香港人都是自私鬼，哪會有人願意做出這樣的犧牲？

他們在爭取的，都是我們這些大人不敢爭取的東西，為此我本人亦慚愧得無地自容。

我唯一可做的就是相信文字的力量。

讀畢我這本書的台灣讀友，我唯恐你們無法有所共鳴，因為昔日粵語流行曲紅遍亞洲之時，只怕你們還未出生。

但我衷心盼望，可以憑這本書告訴你們，香港人正在守護的東西，就是你們將來有可能失去的東西，所以你們必須格外珍惜。
等於空氣，沒有人會感激自己能吸一口空氣。
直到有一天呼吸不到自由的空氣，我們才知道那一口空氣多麼珍貴。
我兒子是台灣人，我選擇了留在這裡，當然期望台灣變得更美好。
香港加油，台灣更要加油！
守護吾家！

天航
二〇一九年八月

我的IG：writertinhong
我的FB：tinhongpub
OS：我最近開始玩IG，發現文字的力量遠低於胸部照……如果大家還相信文字的力量，懇請追蹤我的IG吧！

國家圖書館出版品預行編目資料

我是妳的地下枕頭 / 天航 著. ——初版.
——台北市：蓋亞文化，2019.09
面；公分. ——（悅讀館；RE249）
ISBN 978-986-319-443-9（平裝）

857.7 108013650

悅讀館 RE249

我是妳的地下枕頭

作　　者　天航（KIM）
插　　畫　kim minji
封面設計　莊謹銘
主　　編　黃致雲
總 編 輯　沈育如
發 行 人　陳常智
出 版 社　蓋亞文化有限公司
地址：台北市103承德路二段75巷35號1樓
電話：02-2558-5438　傳真：02-2558-5439
電子信箱：gaea@gaeabooks.com.tw
投稿信箱：editor@gaeabooks.com.tw
郵撥帳號 19769541　戶名：蓋亞文化有限公司
法律顧問　宇達經貿法律事務所
總 經 銷　聯合發行股份有限公司
地址：新北市新店區寶橋路二三五巷六弄六號二樓
電話：02-2917-8022　傳真：02-2915-6275
初版一刷　2019年9月
定　　價　新台幣 250 元
Published and printed in Taiwan

GAEA ISBN 978-986-319-443-9

RE249
GAEA

我是妳的地下枕頭

蓋亞文化　讀者迴響

感謝您在茫茫書海中選擇了蓋亞，您的支持是我們最大的動力。
不要缺席喔，讓我們一起乘著夢想的羽翼，穿越時空遨遊天地！

姓名：　　性別：□男□女　出生日期：　年　月　日
聯絡電話：　　手機：
學歷：□小學□國中□高中□大學□研究所　職業：
E-mail：　　（請正確填寫）
通訊地址：□□□
本書購自：　　縣市　　書店
何處得知本書消息：□逛書店□親友推薦□DM廣告□網路□雜誌報導
是否購買過蓋亞其他書籍：□是，書名：　　□否，首次購買
購買本書的動機是：□封面很吸引人□書名取得很讚□喜歡作者□價格便宜□其他
是否參加過蓋亞所舉辦的活動： □有，參加過　場　□無，因爲
喜歡出版社製作什麼樣的贈品： □書卡□文具用品□衣服□作者簽名□海報□無所謂□其他：
您對本書的意見： ◎內容／□滿意□尚可□待改進　◎編輯／□滿意□尚可□待改進 ◎封面設計／□滿意□尚可□待改進　◎定價／□滿意□尚可□待改進
推薦好友，讓他們一起分享出版訊息，享有購書優惠 1.姓名：　e-mail： 2.姓名：　e-mail：
其他建議：

◎請沿虛線剪開、對摺、裝訂後寄出

◎請沿虛線剪開、封習、裝訂後寄出

廣告回信 郵資免付
台北郵局登記證
台北廣字第00675號

TO：蓋亞文化有限公司　收

103 台北市承德路二段75巷35號1樓

GAEA

Gaea